कर्मफल और व्याधियाँ — एक रहस्य

हरीश चन्द्र शर्मा

ISBN 979-8-89026-998-0

जिनकी प्रेरणा एवं कृपा से

मेरे लिए यह पुस्तक लिख पाना संभव हुआ

उन सदाशिव प्रभु **"नीलकंठ"** के श्री चरणों में सादर समर्पित।

विषयानुक्रम

दो शब्द

रहस्य-रचना त्रयी की यह तीसरी और अन्तिम पुस्तक आपके सम्मुख प्रस्तुत है। वास्तव में इस ब्रहमांड में घट रही प्रत्येक घटना के पीछे एक रहस्य है। हम उसे प्रकृति या ईश्वर द्वारा किया हुआ कार्य मान लेते हैं। कुछ लोग कुछ घटनाओं (अथवा दुर्घटनाओं) को मात्र संयोग मान लेते हैं। परन्तु वास्तव में संयोग कुछ नहीं होता। सभी घटनायें एक सिस्टम के तहत पूर्व नियोजित होती हैं। जो हमारे पूर्व कर्मों के फल द्वारा प्राप्त परिस्थितियों के रूप में होती हैं। इसीलिए पुराने ऋषियों ने कर्मों की शुचिता पर जोर दिया है। प्रकृति का यह सामान्य नियम है -

तपेश्वरी सो राजेश्वरी
राजेश्वरी सो नरकेश्वरी।।

अर्थात् तप करके मनुष्य राजपद प्राप्त करता है परन्तु अधिकतर लोग राजपद प्राप्त होने पर अभिमानी हो जाते हैं-"प्रभुता पाई, काहे मद नाहीं।" और वे निर्बलों एवं गरीबों पर अत्याचार करने लगते हैं, और बुरे कर्मों के फल के रूप में वे नरकगामी हो जाते हैं।

परन्तु यहाँ बुरे कर्म और अच्छे कर्म के अन्तर को कैसे पहचाने? यही समस्या है। कर्मों की गति को पहचानना बहुत ही कठिन है। कई बार होम करते हाथ जलता है।" अर्थात् जिस कर्म को हम अच्छा और परोपकारी समझ कर करते हैं उसका फल बुरा प्राप्त होता है। और कई बार क्रोधावेश में किया गया बुरा कर्म भी परोपकार बन जाता है और

अच्छा फल देता है। इस प्रकार हम देखते हैं कि कर्मों की गति को पहचानना बहुत ही कठिन है।

इस पुस्तक में पुराने ऋषियों ने कर्मों और उनके फल के बारे में जो कुछ कहा है, उसे मैंने अपनी तुच्छ बुद्धि के अनुसार सरल भाषा में प्रस्तुत करने का प्रयत्न किया है। इसमें सारा ज्ञान पुराने ऋषियों का है। मेरा अपना ज्ञान कुछ नहीं है। मैं तो केवल पोस्टमैन (डाकिया) हूँ जो उनके भेजे ज्ञान को आप तक पहुँचा रहा हूँ।

पुस्तकों को रूचिकर बनाने के लिए एक लम्बी काल्पनिक कथा इन में जोड़ दी गयी है। जो लेखक की कल्पना के अलावा कुछ नहीं है।

मनुष्य स्वभाव ही भूले और त्रुटियाँ करने का है, अतः मुझ से भी इस पुस्तक में बहुत सारी त्रुटियाँ हुई होंगी उनके लिये मैं क्षमा प्रार्थी हूँ। अपने मित्रों एवं स्वजनों का मैं अत्यंत आभारी हूँ। विशेष तौर पर श्री अनुराग शर्मा, ऋषि कुमार शर्मा, श्री हेमेन्द्र दत्त शर्मा, स्व. राजीव जी, हरवेन्द्र कुमार, वैभव, कबीर, सुदीप्त, माधव एवं आभा, विभा, निधि एवं अनिता जिन्होंने मेरे लिए कई पुस्तकें एवं लेखन सामग्री जुटाई तथा हमेशा मेरी सुख सुविधाओं का ख्याल रखते हुए मुझे लिखते रहने के लिए प्रोत्साहित किया।

हरीश चन्द्र शर्मा

पूर्व कथा

पहली पुस्तक 'यती-एक रहस्य' में आपने पढ़ा कि एक वायुयान दुर्घटना में मिस्टर विल्सन जो एक अमेरिकी वैज्ञानिक थे के चमत्कारिक रूप से हिमालय के दुर्गम क्षेत्र से किसी अज्ञात शक्ति द्वारा सुरक्षित बचा लिये जाने के बाद उन्होंने उस अज्ञात शक्ति, जो वास्तव में श्री हनुमान जी थे, की पूरी जानकारी प्राप्त की और उनके दर्शन करने के लिये दुबारा भारत की यात्रा की और एक पर्वतारोही दल के सदस्य बनकर फिर हिमालय की यात्रा की जहाँ एक बर्फीले तूफान में फँसकर अचेत हो गये और उन्होंने महसूस किया कि उन्हें श्री हनुमान जी द्वारा उठा कर एक गुफा में ले जाया गया है।

इसके बाद की कथा दूसरी पुस्तक 'योग से अमरत्व - एक रहस्य' में आपने पढ़ा कि अमरत्व का रहस्य तथा योग एवं सृष्टि रचना के आधार भूत कण तरंगों एवं उनसे निर्मित देवताओं की जानकारी प्राप्त करने के लिए श्री हनुमान जी द्वारा उन्हें समय के किसी दूसरे आयाम में ले जा कर विभिन्न ऋषियों से भेंट तथा वार्तालाप करवाया और फिर माता वैष्णो देवी के दर्शन करवाये जिन्होंने उन्हें आत्मज्ञान प्राप्त होने का वरदान दिया। फिर श्री हनूमान जी द्वारा उन्हें कटरा शहर के एक गैस्ट हाउस में सुला दिया गया। सुबह होने पर उन्होंने स्वयं को एक मुम्बई के अस्पताल में पाया। जहाँ से स्वस्थ होकर अपने होटल पहुँचने पर उनकी भेंट पंडित मक्खन लाल जी शास्त्री से हुई जिन्होंने

पंडित मुर्लीधरन द्वारा उन्हें आत्मज्ञान प्राप्त करने की प्रक्रिया बतलाई और गीता पढ़ने की सलाह दी। फिर मिस्टर विल्सन अमेरिका के लिए रवाना हो गये।

उससे आगे की कथा अब प्रस्तुत पुस्तक 'कर्मफल और व्याधियाँ-एक रहस्य' में पढ़िए।

अध्याय - 1

कर्म एवं कर्मफल

रोजर एटकिन और चेस्टर स्कॉट दोनों इंग्लैंड से भारत में कुछ व्यापार करने तथा पैसा कमाने भारत आये थे। क्योंकि तब भारत, ब्रिटिश साम्राज्य का उपनिवेश था, अतः उन्हें विशेष सुविधायें प्राप्त हो गयी। और दोनों ने मिल कर सेन्ट्रल प्रौविन्स (आधुनिक मध्यप्रदेश) की दो हीरे की खानों का ठेका दो वर्ष के लिए प्राप्त कर लिया, जिनसे हीरे, पन्ने निकलते थे। दो वर्ष में दोनों ने बहुत पैसा कमाया और रोजर एटकिन ने एक ब्रिटिश महिला से शादी कर ली और वो वापस इंग्लैंड लौट गया। चेस्टर स्कॉट ने एक अमेरिकन महिला जो भारत घूमने आई थी, जिसका नाम मार्था था, से शादी की और वह पत्नी के साथ अमेरिका में शिकागो में बस गया। उसके पास लगभग पाँच मिलियन (पचास लाख) डालर बैंक में जमा थे और वह वहीं किसी व्यापार में पूँजी लगाने पर विचार कर रहा था तभी उसे गले में कैंसर हो गया। उस समय कैंसर का कोई इलाज नहीं था और उसने सिगरेट पीना भी नहीं छोड़ा, अतः लगभग दो साल की बीमारी के बाद उसका देहान्त हो गया। तब तक उनके केवल एक कन्या पैदा हुई थी अतः सारा पैसा मार्था को मिल गया जिसकी उम्र उस समय लगभग पैंतीस वर्ष थी। मार्था ने दोबारा शादी नहीं की और अपनी कन्या डोरोथी के पालन पोषण में समय व्यतीत किया। डोरोथी पढ़ लिख कर एक वैज्ञानिक बन गयी। जब द्वितीय विश्व युद्ध समाप्त हुआ, उस समय मिस्टर विल्सन की उम्र लगभग तीस वर्ष थी और वे रेडियो एक्टिविटी नापने के यन्त्र का आविष्कार कर चुके थे। एक कॉन्फ्रेन्स के दौरान उनकी मुलाकात डोरोथी से हुई, दोनों ने एक दूसरे

को बहुत पसन्द किया ओर दोनों ने शादी कर ली और मिस्टर विल्सन डोरोथी और मार्था के साथ शिकागो में रहने लगे जहाँ मार्था का बड़ा और खूबसूरत बंगला था।

डोरोथी ने भी एक कन्या को जन्म दिया। जिसका नाम शैला रखा गया,

परन्तु तब तक मिस्टर विल्सन का भारत में वायुयान दुर्घटना और यती महाराज(श्री हनूमान) जी की कहानी सुनने के कारण भारत से बहुत लगाव हो चुका था। अतः उन्होंने अपनी पुत्री का नाम शैला से बदलकर 'शीला' रख दिया जो भारतीय नाम मालूम होता था। उन्होंने केवल शाकाहारी भोजन करना प्रारम्भ कर दिया और शराब पीना भी छोड़ दिया। उनकी देखा देखी उनकी पत्नी डोरोथी ने भी मांसाहार तथा शराब छोड़ दिये। अतः शीला जब कुछ समझदार हुई, तो उसे भी शाकाहारी भोजन ही अच्छा लगने लगा और घर में अपने पिता से, जिनकी वह बहुत चहेती पुत्री थी, भारत और वहाँ की विचित्रताओं के बारे में रोजाना सुनकर उस का मन भी भारत जाने को उत्सुक होने लगा अतः उसने अपने स्कूल के भारतीय छात्रों से मेल जोल बढ़ा कर हिन्दी सीखना प्रारम्भ कर दिया। शिकागो में बहुत सारे भारतीय परिवार रहते थे। शीला अपने भारतीय मित्रों के घर जा कर उनका रहन-सहन, खान-पान तथा आचार व्यवहार देखने और सीखने लगी। अठारह वर्ष की होने तक उसे हिन्दी लिखना पढ़ना बोलना तथा समझना अच्छी प्रकार आ गया था। फिर उसने जर्नलिज्म का कोर्स किया और एक बड़े अखबार के दफ्तर में सर्विस कर ली। अब तक उसकी नानी मार्था की मृत्यु हो चुकी थी और मिस्टर विल्सन दुबारा भारत की यात्रा कर चुके थे जहाँ उन्हें श्री हनुमान जी की कृपा से कई पुराने ऋषियों से तत्व ज्ञान प्राप्त हुआ था और माता वैष्णों देवी के दर्शन और आशीर्वाद प्राप्त हुआ था। अन्त में लौटने से एक दिन पहले ही उनकी भेंट पंडित मक्खन लाल शास्त्री जी से तथा योगी पंडित मुर्लीधरन से भी हुई जिनसे उन्हें आत्मज्ञान के बारे में ज्ञात हुआ था तथा गीता पढ़ने का सुझाव मिला था। भारत से लौट कर उन्होंने गीता का अध्ययन प्रारंभ कर दिया तथा वे योग के

अभ्यास एवं आत्मा के साक्षात्कार के लिए किसी योग्य गुरु की तलाश कर रहे थे परन्तु अमेरिका में ऐसा योग्य गुरु मिलना सम्भव नहीं था। अतः मिस्टर विल्सन एक बार फिर भारत आना चाहते थे, परन्तु अब वे वृद्ध हो गये थे। खाने की टेबल पर लगभग रोजाना ही वो भारत में अपने प्रवास की किसी घटना एवं वहाँ की विचित्रताओं की चर्चा अवश्य करते रहते थे। उनके परिवार जन भी जिसमें उनके अतिरिक्त उनकी वृद्ध पत्नी 'डोरोथी' एवं पच्चीस वर्षीया पुत्री 'शीला' शामिल थी, भी उनके साथ इस बार भारत जाने को बहुत उत्सुक थी। उनकी पुत्री शीला ने खास तौर से अपनी एक भारतीय सहपाठी से कई वर्षों तक लगातार हिन्दी बोलना, समझना तथा पढ़ना-लिखना भी सीख लिया था और वह बहुत अच्छी तरह हिन्दी समझ और बोल लेती थी। क्योंकि वे लोग 'शिकागो' में रहते थे जहाँ बड़ी संख्या में भारतीय अमेरिकी रहते थे अतः जब भी वह किसी भारतीय अमेरिकन से मिलती तो हिन्दी में ही बात करती थी। उसे भी भारत से बहुत प्रेम था और वह भारत जाने को बहुत उत्सुक थी। उसने जर्नलिज्म का कोर्स किया था और एक समाचार-पत्र के लिए काम कर रही थी।

तभी पूरी दुनियाँ में महामारी का प्रकोप हुआ और यूनाइटेड-स्टेट्स भी उससे अछूता नहीं रहा। पूरी सावधानियों के बावजूद लाखों लोग काल के गाल में समा गये। उसी महामारी में मिस्टर विल्सन और उनकी पत्नी डोरोथी का भी सवर्गवास हो गया, और अब उनकी पुत्री 'शीला' नितांत अकेली रह गई थी महामारी पर तो काबू पा लिया गया और वह समाप्त ही हो गई, परन्तु शीला का मन अब घर पर बिल्कुल नहीं लगता था वह अब भारत जाने का मन बना चुकी थी।

आज शीला 'विश्व ज्योतिष सम्मेलन' जो कि शिकागो में ही हो रहा था की रिपोर्टिंग करने आयी थी। वहाँ उसने विभिन्न देशों से आये ज्योतिषियों के भाषण सुने और उनके नोट्स बनाये। उनमें उसे भारत से आये युवा ज्योतिषी रघुराजन के भाषण और उसके व्यक्तित्व ने बेहद प्रभावित किया तो सम्मेलन की समाप्ति पर वह उसका इन्टरव्यू लेने पहुँच गईं।

रघुराजन ने गुरुकुल काँगडी विश्वविद्यालय से संस्कृत में एम.ए. किया और भारतीय ज्योतिष में पी.एच.डी. की थी। वह हिंदी, अंग्रेजी तथा संस्कृत धारा प्रवाह बोलता था। वह थोड़ा साँवला मजबूत कद काढी वाला लगभग छः फीट ऊँचा युवक था। उसकी आँखों में विशेष चमक तथा चेहरे पर आत्मविश्वास की एक सहज मुस्कान थी। उस ने क्रीम कलर का सफारी सूट पहन रखा था तथा पैरों में ब्राउन कलर के जूते-मोजे पहने हुए थे। बाँये हाथ में लैपटॉप का बैग था। शीला ने उसके सामने पहुँच कर उसका इन्टरव्यू लेने की अनुमति माँगी तो वह शीला को देखते हुए एक मिनट तक स्तब्ध खड़ा रह गया।

वास्तव में आज रात को ही रात के तीसरे प्रहर में स्वप्न में उसने शीला को भारतीय वेश भूषा में साड़ी पहने हुए अपने ऋषिकेश वाले घर में अपनी माता सावित्री से बातें करते हुए देखा था। उसकी हल्की बादामी रंग की आंखों में बुद्धिमता झलकती थी और गोरे चेहरे पर स्वाभिमान की चमक थी। स्वप्न में उसे बहुत विनम्रभाव से अपनी माता श्रीमती सावित्री भास्करन के साथ बात-चीत करते देखा था और स्वप्न में उसे ऐसा एहसास हो रहा था मानो वह उनके परिवार की ही कोई सदस्य हो और उसकी आत्मीय हो। अतः इस समय जीती जागती वास्तविक रूप में उसे सामने पाकर वह हतप्रभ रह गया।

रघुराजन को स्तंम्भित हुआ देख शीला भी एक क्षण को सोच में पड़ गयी उसे भी यह लगा कि वह उसे पहले से ही अच्छी प्रकार जानती है। परन्तु उसने अपने आपको सम्हाला और उससे पूछा कि क्या वह उसका इन्टरव्यू ले सकती है? उसके अनुमति देने पर शीला ने पूछा-

"इतनी कम उम्र में ज्योतिष का इतना अधिक ज्ञान आपको कैसे प्राप्त हुआ?"

रघुराजन ने उत्तर दिया-

"मैं भारत के महान ज्योतिषी पंडित मुरलीधरन का पौत्र हूँ। मेरे पिता का नाम पंडित भास्करन है। भारत में गंगा के किनारे बसे

ऋषिकेश में हमारा ज्योतिष केन्द्र है। अतः ज्योतिष तो मेरा वंशानुगत पेशा है। मुझे ज्योतिष सीखने कहीं बाहर जाने की आवश्यकता नहीं हुई। और इसमें पी.एच.डी. मैंने भारत के प्रसिद्ध ज्योतिषी पंडित मक्खन लाल शास्त्री के मार्गदर्शन में की है। मेरी माता का नाम सावित्री है जो भारतीय अध्यात्म एवं दर्शन की विद्वान एक विदुषी महिला हैं। जिनका ज्ञान असीमित है।"

अपने पिता मिस्टर विल्सन की भारत के संस्मरणों के वर्णन के दौरान शीला ने पंडित मक्खन लाल शास्त्री, ऋषीकेश एवं पंडित मुरलीधरन का नाम कई बार सुना था अपने पिता के मुख से दोनों पंडितों की बहुत प्रशंसा उसने सुन रखी थी अतः वह तुरंत रघुराजन के बारे में जान गई और उसे सामने पाकर अभिभूत हो गई। उसने फिर पूछा-

"आपके पितामह पंडित मुरलीधरन और पंडित मक्खन लाल जी कैसे हैं? मेरे पिता मिस्टर विल्सन उनकी बहुत तारीफ करते थे। मेरे पिता मिस्टर विल्सन कई बार भारत की यात्रा कर चुके थे। उन्हें श्री हनुमान जी एवं माता वैष्णों देवी के दर्शनों का सौभाग्य भी प्राप्त हुआ था।"

रघुराजन ने भी पंडित मक्खन लाल शास्त्री तथा अपने पितामह से मिस्टर विल्सन के विषय में सुन रखा था अतः वह तुरन्त उन्हें जान गया और पूछा-

"आपके पिता मिस्टर विल्सन कैसे हैं? इस वैश्विक महामारी के दौरान मेरे पितामह और पंडित मक्खन लाल जी का स्वर्गवास हो गया है और अब ज्योतिष केन्द्र का कार्य मेरे पिता श्री भास्करन और मैं सम्हाल रहे हैं।", सुनकर शीला को बहुत दुख हुआ और उसे अपने पिता की याद आ गई। उसने कहा-"इस महामारी के दौरान मेरे पिता मिस्टर विल्सन और मेरी माता भी स्वर्ग सिधार गये। घर परिवार में, मैं अब अकेली बची हूँ। मेरी भारत जाने की बहुत इच्छा है। क्या आप भारत में मेरी कुछ सहायता करेंगे? मुझे हिंदी बोलना तथा पढ़ना-लिखना अच्छी तरह आता है।"

रघुराजन ने तुरंत एक कागज पर अपना ऋषिकेश का पता तथा मोबाइल फोन नम्बर लिख कर दिया तथा कहा-

"मैं आपको भारत में अपने घर आने का आमन्त्रण देता हूँ। आप सहर्ष भारत आइये। मेरे माता-पिता भी आपसे मिलकर बहुत प्रसन्न होंगे। आप जब भी भारत आएं तो दो चार दिन पहले अपनी फ्लाइट के दिल्ली पहुँचने के समय की सूचना मुझे मोबाइल पर जरूर दे दीजिये। तो मैं दिल्ली एयरपोर्ट से आपको लेने आ जाऊँगा। और आपको अपने घर ऋषिकेश ले जाऊँगा।" आप हमारे साथ हमारे घर पर ही रहिये तो मैं आप को भारत घुमाऊँगा।

शीला ने कहा-"मैं आज ही वीसा" के लिए एप्लाई कर दूँगी। जैसे ही वीसा मिलेगा मैं जल्द से जल्द जरूर आऊँगी।

यह कहकर वह दूसरे लोगों से बात करने चली गई। हुआ यह था कि जब से मिस्टर विल्सन पहली बार भारत में वायुयान दुर्घटना के कारण रुके थे और उन्होंने श्री हनुमान जी की जीवनगाथा सुनी थी तभी से उन्होंने शुद्ध शाकाहारी भोजन खाना शुरू कर दिया था। अमेरिका आने पर उनकी पत्नी और पुत्री ने भी अपने पिता की सलाह मान कर माँसाहार का त्याग कर दिया और सभी घरवाले केवल शाकाहारी (Vegetarian) भोजन ही करने लगे। शीला ने सोचा कि रघुराजन के घर भी शाकाहारी भोजन ही बनता होगा, क्योंकि भारतीय पंडित है अतः उसे भोजन में कोई असुविधा नहीं होगी।

लगभग एक महीने बाद वह भारत पहुँची। रघुराजन उसे 'इंदिरा गांधी एयरपोर्ट' पर लेने आ गया था और अपनी कार से ही उसे ऋषीकेश अपने घर लिवा ले गया। जहाँ उसके रहने का इन्तजाम अतिथि कक्ष (Guest house) में कर दिया।

रघुराजन के माता-पिता भी शीला से मिलकर बहुत प्रसन्न हुए क्योंकि उसमें उन्होंने भारतीय संस्कारों की झलक देखी तथा बड़ो के प्रति आदर तथा प्रेम देख कर उन्हें अच्छा लगा। शीला ने माता-पिता दोनों के

चरण स्पर्श कर आशीर्वाद लिया था और श्रीमती सावित्री को माता जी तथा श्री भास्करन को पिताजी कहने लगी।

उसे हिंदी बोलना और समझना भली प्रकार आता था। श्रीमती सावित्री से उसने साड़ी पहनना भी सीख लिया था और अब वह साड़ी ही पहनती थी।

इस प्रकार दो दिन बीत गये। तीसरे दिन सुबह उसने रघुराजन से पंडित मक्खन लाल शास्त्री के परिवार से मिलने की इच्छा प्रकट की। तो दोपहर के भोजन के बाद रघुराजन कार से उसे हरिद्वार ले गया। जहां उन्होंने कई मन्दिरों के दर्शन किये और फिर वे पंडित मक्खन लाल शास्त्री जी के घर पहुँचे। जहाँ उनके सुपुत्र पंडित गंगाधर शास्त्री जी ने उनका स्वागत किया।

पंडित गंगाधर शास्त्री लगभग पचास वर्ष के गोरे, सौम्य चेहरे एवं चमकदार आंखों वाले, सुदृढ़ शरीर के बुद्धिमान व्यक्ति थे। उनके चेहरे पर ज्ञान तथा अध्यात्म का तेज था। वे सफेद कुर्ता तथा धोती पहने हुए थे। रघुराजन एवं शीला ने उनके चरण स्पर्श कर आशीर्वाद प्राप्त किया। रघुराजन ने शीला का परिचय दिया तथा बतलाया कि उसके पिता मिस्टर विल्सन तथा उसकी माता की मृत्यु 'कोरोना' के कारण हो चुकी है और अब शीला बिल्कुल अकेली रह गयी है उसे भारत से और पहाड़ों से बहुत लगाव है। पंडित जी ने सुन कर दुःख प्रकट किया तथा शीला को सांत्वना दी। फिर उन्होंने दोनों को शीतल जल पिलवाया। तो शीला कुछ स्वस्थ हुई।

अब शीला ने कहा-

"मेरे पिता, आपके पिताजी की बहुत तारीफ करते थे। लगभग रोजाना ही नाश्ते की मेज पर वे उनके और पंडित मुरलीधरन के बारे में बताते रहते थे। वे एक बार फिर भारत आकर आपके पिताजी से मिल कर अपनी शंकाओं का समाधान करना चाहते थे। उनमें से कुछ उन्होंने मुझे बतलायीं थी। क्या आप मेरी कुछ शंकाओं का समाधान करेंगे?"

पंडित गंगाधर शास्त्री ने कहा-

"मेरे पिता तो अथाह ज्ञान के सागर थे। मेरा ज्ञान तो उनकी अपेक्षा अभी बहुत थोड़ा है। फिर भी आप पूछिये। मैं। अपनी सामर्थ्य के अनुसार उनका उत्तर दूँगा।"

शीला कुछ आश्वस्त हुई, उसने पूछा-

"जीव या जीवात्मा क्या वास्तव में अविनाशी है?"

पंडित जी ने कुछ क्षण सोचा फिर बोले-

"जीवात्मा, तीन अवयवों से मिल कर बना है। आत्मा तत्व जो परमात्मा का अंश है। ईश्वर तत्व जो परमेश्वर का अंश है और अहं जो कारण जगत का अवयव है। ये तीनों ही तत्त्व इस भौतिक शरीर जो भौतिक जगत के तत्त्वों से बना है, की अपेक्षा अविनाशी है। अतः इस भौतिक जगत के सापेक्ष उसे अविनाशी कहा गया है। वास्तव में तो एक परमेश्वर जिसे महेश्वर सदाशिव तथा परब्रह्म भी कहा जाता है के अतिरिक्त और कुछ भी अविनाशी नहीं है।"

शीला ने पूछा

"वास्तविक ज्ञान क्या है?"

पंडित जी ने उत्तर दिया-

"सभी भौतिक (सांसारिक) सुख, (अन्त में) दुःख के ही कारण हैं। अर्थात् प्रत्येक कुछ क्षणों का भौतिक सुख एक लम्बे समय के भौतिक दुःख का कारण होता है। यह जानना ही वास्तविक ज्ञान है। इसलिए ज्ञानी जन, इन भौतिक सुखों के पीछे नहीं दौड़ते। जहाँ तक हो सके वे इनसे बचने का ही प्रयत्न करते हैं। यदि परिस्थिति वश उन्हें ये सुख प्राप्त भी होते हैं तो वे इन्हें उदासीन ('बिना हर्ष विषाद के) भाव से, मन में निष्काम (अर्थात् बिना किसी इच्छा के) भाव से ग्रहण करते हैं। अतः इनके फल (परिणाम जो अन्त में दुःख है) से बचे रहते हैं।"

शीला ने पूछा-

"तो क्या हमें सब कुछ त्याग कर सन्यास धारण कर लेना चाहिए?"

पंडित जी ने उत्तर दिया-

"नहीं! पूर्व कर्मों (भाग्य) के फल के रूप में जो कुछ सुख, दुःख हमें अभी प्राप्त हो रहे हैं, उनमें लिप्त हुए बिना, त्याग की भावना से, यह जानते हुए कि यह क्षणिक (Temporary) है, परिमार्जित रूप में (With in limits) ही उनका उपभोग करना चाहिए।"

शीला ने पूछा-

"ये पंच कोष क्या हैं?"

पंडित जी ने उत्तर दिया-

"हमारा यह भौतिक शरीर पाँच जगतों में स्थित है। अर्थात् पांच जगतों के अवयवों का इस पर प्रभाव रहता है। जिन में से पहला अन्नमय कोष है जिसे भौतिक जगत कहा गया है। दूसरा प्राणमय कोष है जिसे सूक्ष्म जगत कहा गया है। तीसरा मनोमय कोष है जिसे कारण जगत कहा गया है। चौथा विज्ञानमय कोष है जिसे भाव जगत कहा गया है। और पाँचवाँ आनन्दमय कोष है। जिसे चेतन जगत या चैतन्य जगत कहा गया है। इस भौतिक शरीर की सभी चेष्टायें इन्हीं जगतों के अवयवों द्वारा सम्पन्न करवायी जाती हैं।"

शीला ने पूछा-

"देवताओं की मूर्तियाँ तो बनाई और पूजी जाती हैं, परन्तु परमेश्वर की या सदाशिव की क्यों नहीं बनाई जाती उन्हें लिंग रूप में ही क्यों पूजा जाता है?"

पंडित जी ने उत्तर दिया-

"मूर्तियाँ केवल देवताओं तथा अवतारों की ही बनाई जाती हैं और प्राण प्रतिष्ठा कर के पूजी जाती हैं। परन्तु परमेश्वर अथवा सदाशिव

(जो परमेश्वर का ही दूसरा नाम है) की मूर्ति नहीं बनायी जा सकती क्योंकि उनके आकार, प्रकार तथा स्वरूप की कोई कल्पना नहीं की जा सकती।''

शीला ने पूछा-

''तो फिर शिव लिंग क्या है? क्या ये सदाशिव की मूर्ति नहीं है?''

पंडित जी ने उत्तर दिया-

''वास्तव में शिवलिंग सदाशिव की मूर्ति नहीं है। लिंग का अर्थ 'सूचक चिन्ह' या प्रतीक चिन्ह अर्थात (Symbol) है साकार ब्रहम को मानने वाले श्री सदाशिव को प्रतीक चिन्ह 'शिवलिंग' के रूप में पूजते हैं।''

शीला ने पूछा-

''तो फिर निराकार ब्रहम को मानने वाले परमेश्वर की पूजा कैसे करते हैं?''

पंडित जी ने उत्तर दिया-

''निराकार ब्रहम को मानने वाले प्रणव जिसे ओम कहा जाता है का ध्यान कर के ही परमेश्वर की पूजा करते हैं।''

शीला ने पूछा-

''ध्यान कैसे किया जाता है?''

पंडित जी ने कहा-

''ध्यान की चार अवस्थाएं बतलाई गई हैं। पहली जाग्रत अवस्था। दूसरी स्वप्ना वस्था तीसरी सुषुप्ता वस्था तथा चौथी तुरीया वस्था।''

शीला ने पूछा-

''प्रणव क्या है तथा उसका ध्यान कैसे किया जाता है?''

पंडित जी ने उत्तर दिया-

"प्रणव के ध्यान के लिए उसे जानना भी आवश्यक है। उसके ध्यान की विधि इस प्रकार है-

"पद्मासन, अर्धासन अथवा स्वस्तिकासन आदि में बैठकर मन ही मन प्रणव का चिन्तन करना चाहिए।

परमेश्वर की प्राप्ति के लिए परम पुष्यमय ओम (प्रणव) इस एकाक्षर मन्त्र का जप करना चाहिए। उसी का ध्यान करना चाहिए। यह ओमकार ही तीनों वेद, तीनों लोक, तीनों अग्नि, ब्रह्मा, विष्णु, महेश, तथा ऋक्-साम और यजुर्वेद हैं।

इस ओमकार में वस्तुतः साढ़े तीन मात्रायें (अक्षर) हैं। इनमें पहली तीन मात्रायें (अक्षर) अकार, उकार तथा मकार, क्रमशः सात्विक, राजस और तामस है, और अर्द्धमात्रा जो अनुस्वार या चन्द्र बिन्दु के रूप में इन सबके ऊपर स्थित है वह निर्गुण है। उसका उच्चारण गान्धार स्वर से होता है इसलिए उसे 'गान्धारी' भी कहते हैं।

इन साढे तीन मात्राओं के चिन्तन में लगा हुआ योगी उन्हीं में लय को प्राप्त होता है। इनमें अकार भूलोक, उकार भुवर्लोक, और मकार स्वर्लोक कहलाता है। पहली मात्रा व्यक्त, दूसरी अव्यक्त तीसरी चिच्छक्ति तथा अर्द्धमात्रा परमपद कहलाती है।

ओमकार के उच्चारण से सम्पूर्ण सत् और असत् ग्रहण हो जाता है। पहली मात्रा ह्रस्व, दूसरी मात्रा दीर्घ, और तीसरी मात्रा प्लुप है। किन्तु अर्द्धमात्रा वाणी का विषय नहीं है। इस प्रकार यह ओमकार नामक अक्षर परब्रह्म परमेश्वर स्वरूप है। जो मनुष्य इसका ध्यान करता है, वह परब्रह्म परमेश्वर में लीन हो जाता है, और मोक्ष प्राप्त कर लेता है।''

शीला ने पूछा-''यह 'काम' क्या है? और इसके उत्पन्न होने का मूल कारण क्या है?''

पंडित जी ने उत्तर दिया-

गीता के अनुसार कामना या काम अथवा इच्छा (तृष्णा) और आसक्ति से अर्थात् राग (प्रिय लगना) उत्पन्न होता है और राग से काम (किसी वस्तु को पाने की इच्छा) उत्पन्न होती है। और काम से राग बढ़ता है। उत्पत्ति-विनाशशील जड़ पदार्थों के संग्रह की इच्छा संयोग जन्य (किसी के मिलने) सुख की इच्छा तथा सुख की आसक्ति इत्यादि सब 'काम' के ही विभिन्न रूप है।

कामना की पूर्ति होने पर लोभ उत्पन्न होता है और कामना में बाधा उत्पन्न होने पर क्रोध उत्पन्न होता है। और यदि कामना में बाधा उत्पन्न करने वाला अधिक शक्तिशाली हो तो भय, निराशा तथा विषाद (दुःख) उत्पन्न होता है तब परिस्थिति के अनुसार मनुष्य पापकर्म करने को उद्धत हो जाता है और कहीं से भी किसी प्रकार का प्रोत्साहन (या सहायता) मिलने पर वह यह जानते हुए भी कि वह पाप कर्म कर रहा है) पाप कर्म कर बैठता है।

शीला ने पूछा-

यह कामना, वासना, स्पृहा, आसक्ति, लोभ, तृष्णा तथा याचना आदि क्या हैं?

पंडित जी ने उत्तर दिया-

ये सब कारण जगत से भी परे (Beyond) मनोजगत (Psycho world) तथा भावजगत (Emotional world) के अवयव हैं जो विभिन्न प्रकार की अत्यन्त उच्च ऊर्जा तरंग कणों के समूहों (Quantams) के संयोजनों (Combinations) से बने हैं जो हमारे अंतःकरण, जो कारण जगत में स्थित हमारे कारण शरीर का भाग हैं, में रहते हैं। और भौतिक शरीर तथा सूक्ष्म शरीर की चेष्टाओं द्वारा प्रदर्शित होते हैं।

शीला ने पूछा-

"मन, बुद्धि तथा अहं में क्या सम्बन्ध है?"

पंडित जी ने कहा-

'मन पाँचों ज्ञानेन्द्रियों को अपनी इच्छानुसार कार्य करने को बाध्य करता है इसलिये 'मन' इन्द्रियों से श्रेष्ठ, सबल प्रकाशक, व्यापक एवं सूक्ष्म है परन्तु मन बुद्धि से कुछ भी कार्य नहीं करा सकता अपितु बुद्धि मन को मनमाने कर्म (इन्द्रियों द्वारा) न करने को सचेत करती है अतः बुद्धि मन (चेतन मन) से अधिक बलवान है। चेतन मन तथा बुद्धि दोनों ही सूक्ष्म शरीर के अंग (अवयव) हैं।

बुद्धि से प्रबल 'अहं' है जो कारण शरीर का भाग है उसका बुद्धि और चेतन मन दोनों पर नियंत्रण है।

इस 'अहम्' के दो भाग हैं एक 'जड़' भाग कहा जाता है। जिसे मैं (ego) तथा दूसरा 'चेतन' भाग जिसे स्वयं (self) कहा जाता है। 'स्वयं' भाग के साथ अवचेतन 'मन' का 'ध्यान' वाला भाग जुड़ा रहा है तथा 'जड़' भाग मैं (ego) के साथ 'काम' या कामना (इच्छा या भोगेच्छा) जुड़ी रहती है। अहम् का स्वयं भाग जीव के ईश्वर तत्व एवं आत्मा तत्व के प्रकाश से प्रकाशित रहता है एवं सूक्ष्म शरीर (बुद्धि तथा चेतन मन) को एवं सूक्ष्म शरीर द्वारा भौतिक शरीर को चेतना प्रदान करता है।

शीला ने पूछा-"क्या हमारे तीनों शरीरों द्वारा अलग-अलग प्रकार के कर्म किये जाते हैं? और इन कर्मों के फल भोग भी क्या उन्हीं शरीरों को भोगने होते हैं जिनके द्वारा वह कर्म किया गया हो?"

पंडित जी ने उत्तर दिया-

'हमारे तीनों शरीर अर्थात् भौतिक शरीर, सूक्ष्म शरीर तथा कारण शरीर द्वारा अलग-अलग प्रकार के कर्म किये जाते हैं। इसी प्रकार उनके कर्मफल भी अलग-अलग समय पर अलग अलग प्रकार के होते हैं। जो उसी शरीर के अवयवों द्वारा ही भोगे जाते हैं। 'भौतिक शरीर के अवयवों द्वारा किये गए कर्मों का फल प्रकृति द्वारा, कर्म करने या होने के तुरंत बाद अथवा इसी जन्म में कुछ समय बाद ही मिल जाता है।

'सूक्ष्म शरीर' द्वारा अथवा सूक्ष्म शरीर के अवयवों द्वारा (देवताओं या दैत्यों द्वारा) भौतिक शरीर अथवा सूक्ष्म शरीर से किये या करवाये गये कर्मों का फल तुरन्त न मिलकर इसी जन्म में कुछ समय पश्चात् अथवा लम्बे समय पश्चात् (जब तक प्राणी भूल जाता है कि उसने क्या किया था) मिलता है।

प्राणी के 'कारण-शरीर' के अवयवों के द्वारा भौतिक शरीर सूक्ष्म शरीर अथवा कारण शरीर या उनके अवयवों द्वारा करवाये अथवा किये गए कर्मों का फल तुरन्त न मिलकर इसी जन्म में एक लम्बे समय के बाद अथवा अगले किसी जन्म में अनुकूल परिस्थिति होने पर मिलता है।

परन्तु यह बात निश्चित है कि प्रत्येक बुरे कर्म का फल चाहे वह किसी शरीर के द्वारा किया या करवाया गया हो प्राणी के उसी शरीर (भौतिक शरीर सूक्ष्म शरीर अथवा कारण शरीर) के अवयवों में किसी न किसी प्रकार की शारीरिक या मानसिक व्याधि (बीमारी), कष्ट अथवा विकृति के रूप में अवश्य ही मिलता हे। प्राणी द्वारा किया गया कोई भी कर्म निष्फल (बिना फल या परिणाम दिये) नहीं रहता।

हमारे तीनों शरीरों द्वारा तीन प्रकार के कर्म किये जाते हैं। पहले प्रकार के वे कर्म जिन पर हमारे भौतिक शरीर की इन्द्रियों का कोई नियंत्रण नहीं है। जैसे हृदय का धड़कना, भूख, प्यास, मल-मूत्र विसर्जन, श्वास-प्रस्वास, पाचन क्रिया तथा पलक झपकना इत्यादि। ये सभी कर्म सूक्ष्म शरीर के देवताओं द्वारा संचालित होते हैं, और इन पर सूक्ष्म शरीर का नियंत्रण होता है।

दूसरे प्रकार के वे कर्म जो कामनाओं तथा वासनाओं की पूर्ती के लिये भौतिक शरीर की इन्द्रियों द्वारा किये जाते हैं। जैसे मनचाहा भोजन, मनचाहा मनोरंजन, विषय वासनाओं की पूर्ती, विश्राम तथा अन्य कार्य। इन सभी पर भौतिक शरीर का नियंत्रण रहता है।

तीसरे प्रकार के कर्म मन द्वारा या मन की दमित इच्छाओं की पूर्ती मन की कल्पना द्वारा कर के किये जाते हैं जो भौतिक

जगत में होते हुए दिखायी नहीं देते। परन्तु ये कारण शरीर द्वारा सम्पादित होते रहते हैं। इन पर कारण शरीर का नियंत्रण होता है। इनका फल भी मन में उत्पन्न हुए हर्ष, विषाद, चिंता या भय के रूप में अवचेतन मन (कारण शरीर का अवयव) में संचित (इकट्ठा) होता रहता है और उचित परिस्थितियाँ मिलने पर मनोरोग के रूप में प्रकट होता है।

अतः मनुष्य को यह नहीं सोचना चाहिए कि मन द्वारा किये गये किसी कर्म जैसे किसी का हित चिन्तन अथवा अहित चिन्तन, भगवद् भजन अथवा ईर्ष्या द्वेष इत्यादि का फल नहीं मिलेगा। क्योंकि-इस भौतिक शरीर की मृत्यु होने पर स्थूल शरीर तो छूट जाता है पर सूक्ष्म शरीर और कारण शरीर नहीं छूटते। 'जीव' उनके द्वारा नया भौतिक शरीर प्राप्त कर लेता है। जब तक मुक्ति नहीं होती तब तक 'जीव' का सूक्ष्म शरीर और कारण शरीर से सम्बन्ध बना रहता है। और इन शरीरों द्वारा किए गए सभी कर्मों के 'फल-भोग' भी तीनों शरीरों द्वारा प्रत्येक जन्म (चाहे वह किसी भी योनि में हो) में भोगे जाते हैं। क्योंकि मानव द्वारा किये गये कर्मों का लेखा-जोखा कारण-शरीर के एक भाग अवचेतन मन में संचित रहता है और जब तक उस का फल भोग (शरीर द्वारा) नहीं हो जाता तब तक वही संचित बना रहता है।

जैसा कि ब्रह्मवैवर्तपुराण के प्रकृति खंड में दिया है-

माभुक्तं क्षीयते कर्म कल्पकोटिशतैरपि।

अवश्यमेव भोक्तव्यं कृतं कर्म शुभाशुभम्।।

अर्थात् कर्मों का फल भोगे बिना उनका सैकड़ों करोड़ों कल्पों में भी क्षय (नष्ट होना) नहीं होता है। अपने किए हुए शुभ या अशुभ कर्म का फल अवश्य ही भोगना पड़ता है।

अब पंडित जी के भजन-पूजा इत्यादि का समय हो रहा था। रघुराजन यह जानता था अतः उसने शीला को इशारा किया और दोनों ने पंडित जी के चरण स्पर्श कर उनसे विदा माँगी।

शीला के पंडित जी से वार्तालाप को रघुराजन बड़े ध्यान से सुन रहा था। शीला के भारतीय अध्यात्म के इतने गहरे ज्ञान को देख कर वह चकित रह गया। अतः रास्ते में उसने पूछा-

"भारतीय अध्यात्म का इतना ज्ञान तुम्हें कहाँ से प्राप्त हुआ?"

शीला ने बतलाया कि भारत से लौटते समय उसके पिता जी कुछ पुस्तकें जिनके नाम योग वाशिष्ठ, भाशा टीका सहित कुछ उपनिषद, हिन्दी अनुवाद सहित कुछ पुराण, भाषा टीका सहित गीता तथा श्रीमदभागवत पुराण इत्यादि हैं, अपने साथ ले गये थे। उनकी मृत्यु के बाद कोरोना के समय अवसाद से बचने के लिये उसने उनका बारीकी से विस्तार पूर्वक अध्ययन किया था। इसीलिए कुछ ज्ञान अर्जित कर पायी। और कुछ शंकाओं का समाधान पंडित जी ने कर दिया।"

शाम हो गयी थी अतः रघुराजन उसे 'हर की पैड़ी' पर ले गया। वहाँ गंगा आरती देखने के लिए बैठने का कोई अच्छा स्थान वे ढूँढ़ रहे थे तभी उनका ध्यान एक अपंग भिखारी की ओर गया जिसके कोहनी के नीचे का दायाँ हाथ तथा घुटने के नीचे का बायाँ पैर कटा हुआ था और चेहरे का बायाँ भाग जल जाने के कारण भयानक लग रहा था। वह व्यक्ति बड़ी दीनता से चिल्ला रहा था।

"बाबू, मैं दो दिन से भूखा हूँ। कुछ खाने को दे दो।" शीला ने देखा उसके पास ओढ़ने को भी कुछ नहीं है। शाम के समय गंगा किनारे ठंड बढ़ गयी थी और वह ठंड से काँप रहा था। शीला और रघुराजन को उसकी आवाज कुछ जानी पहचानी लगी। पास जाने पर उसके चेहरे का बिना जला भाग देखकर वे दोनों सोचने लगे कि इस व्यक्ति को उन्होंने स्वस्थ हालत में पहले कहीं देखा है और वह कुछ जाना पहचाना सा मालूम पड़ा। अतः उन्होंने वही पास से कुछ खाना लाकर उसे दिया तो वह उन्हें बहुत आशीर्वाद देने लगा। उसकी उम्र लगभग पचास वर्ष थी दाढ़ी और बाल बढ़े हुए थे, फिर भी उसकी शक्ल और आवाज कुछ जानी पहचानी सी लग रही थी। शीला ने बाजार जाकर तुरन्त एक कम्बल और गर्म स्वैटर खरीद कर लाकर उसे दिया। फिर उससे उसका नाम और परिचय पूछा कि उसकी ये हालत कैसे हुई?

उसने बतलाया कि उसका नाम गजेन्द्र पाल है, वह हल्द्वानी के पास काठगोदाम का रहने वाला है। वह वहाँ मैकेनिक की दुकान चलाता था और उसके पिता की वहाँ चाय की दुकान थी। उसने बतलाया कि ईर्ष्या के कारण उससे एक भयंकर पाप हो गया था जिसकी सजा भगवान ने उसे दी थी। एक रात सोते-सोते ही, घर में आग लगने के कारण उसके सभी घर वाले तथा सामान जल गया और वह पाप की सजा भुगतने के लिए पड़ोसियों द्वारा बचाकर अस्पताल ले जाया गया जहाँ जल जाने के कारण उसका एक हाथ और एक पैर काट दिया गया। यह घटना लगभग पच्चीस वर्ष पहले की है। सब कुछ समाप्त हो जाने के कारण वह हरिद्वार भीख माँगने किसी प्रकार आ गया और तब से यहीं है।

रघुराजन ने पूछा कि उससे ऐसा क्या पाप हो गया जिसकी इतनी बड़ी सजा उसे भुगतनी पड़ रही है?

उसने बतलाया कि वो एक मैकेनिक की दुकान चलाता था और सामान्य गरीबों जैसी जिन्दगी जी रहा था। उसके पड़ोसी एक अध्यापक थे। उनके बच्चे पढ़ लिखकर अच्छी नौकरी पर लग गये थे और उनकी शादियाँ भी हो गयी थीं। उनका लड़का बरेली में बैंक में काम करता था तथा लड़की यूनिवर्सिटी में पढ़ाती थी जिसकी शादी, यूनीवर्सिटी में पढ़ाने वाले एक प्रोफेसर से हो गयी थी। मुझ से उनकी यह खुशी नहीं देखी गयी और एक दिन मौका पाकर उनके स्कूटर के ब्रेक ढीले कर दिये क्योंकि वे सब मेरी ही दुकान पर हर हफ्ते अपने स्कूटरों की सर्विसिंग कराते थे। मेरे पड़ोसी होने के कारण वे मुझ पर पूरा विश्वास करते थे। उस दिन उन्हें देवी के दर्शन करने पहाड़ पर ऊपर जाना था अतः जाते समय चढाई पर ब्रेक ठीक लग रहे थे अतः उन्हें कोई शक भी नहीं हुआ होगा परन्तु लौटते समय ढलान पर एक मोड़ पर सामने से किसी वाहन के आने के कारण उन्होंने ब्रेक लगाये परन्तु ब्रेक का तार ढीला होने के कारण जो मैंने ईर्ष्या के कारण जानबूझकर ढीला कर दिया था, ब्रेक नहीं लगे और मेरे पड़ोस में रहने वाली मेरी बहन सरीखी लड़की तथा उसका पति दोनों स्कूटर सहित नीचे खाई में जा गिरे और दोनों की मृत्यु हो गयी। पुलिस ने तथा और सभी ने इसे एक दुर्घटना

मान लिया। परन्तु मैं तो वास्तविकता जानता था। बाद में मेरे मन में बहुत पछतावा हुआ, परन्तु मैंने किसी को कुछ नहीं बतलाया और अपने उस जघन्य पाप को छुपा लिया। परन्तु भगवान से थोड़े ही कुछ छिप सकता है। कुछ महिनों बाद ही मेरे घर में आग लग गयी और मेरी यह हालत हो गयी। भगवान ने मुझे मेरे पाप की सजा दी है जो मैं भुगत रहा हूँ। आप जैसे दयालु लोग ही मुझे कुछ खाना तथा कपड़े दे जाते हैं तो मैं पिछले पच्चीस साल से इसी प्रकार जीवित रह कर अपने पाप की सजा भुगत रहा हूँ।

इतना कहकर उसकी आँखों से आँसू बहने लगे। तब तक गंगा आरती प्रारम्भ हो गयी और शीला और रघुराजन आरती देखने चले गये।

शीला के मन में अनेक प्रकार की शंकायें अभी भी बाकी थीं। अतः उसने श्रीमती सावित्री से उनके समाधान के लिए प्रार्थना की तो उन्होंने उसे दूसरे दिन दोपहर के भोजन के बाद उनके कमरे में आने को कहा क्योंकि उस समय उनके पास काफी समय खाली रहता है जिसका उपयोग वो स्वाध्याय करने में करती हैं।

अध्याय - 2

कर्मफल तथा व्याधियाँ

अगले दिन दोपहर का खाना खाने के बाद शीला श्रीमती सावित्री के पास गयी। दोनों कुछ देर इधर उधर की बातें करती रहीं। फिर शीला ने कहा-'मेरे पिता जी ने जिक्र किया था कि पंडित मुरलीधरन ने उन्हें गीता पढ़ने की सलाह दी थी। मैं जानना चाहती हूँ कि गीता में किस प्रकार का ज्ञान है?'

श्रीमती सावित्री ने उत्तर दिया-

'गीता में भगवान श्रीकृष्ण ने अर्जुन को योग की कई विधाओं जैसे निष्काम कर्म-योग, भक्तियोग, ज्ञानयोग इत्यादि का उपदेश दिया है।'

शीला ने कहा-

'कर्म से आपका क्या तात्पर्य है। तथा कर्म का योग से क्या सम्बन्ध है? कृपया बतलायें।''

श्रीमती सावित्री ने कहा-

'कर्मयोग में दो शब्द हैं- कर्म तथा योग । कर्म का अर्थ है- जो वस्तु हमें प्राप्त है उसका, अपनी सामर्थ्य एवं योग्यता का सही एवं पूर्ण सदुपयोग कर के अशक्त एवं दुःखी व्यक्तियों एवं समाज की सेवा करना। इसी को कर्त्तव्य कर्म कहा जाता है।

योग का अर्थ है- कर्त्तव्य पालन में सांसारिक कर्मों तथा वस्तुओं में आसक्ति न हो, अपितु मन में यह विचार रहे कि मैं ईश्वर की सेवा कर रहा हूँ। यही निष्काम कर्म योग है।

शीला ने पुछा- "क्या कार्म करना हमारी बाध्यता है? या हमें कर्म करने को कोई प्रेरित करता है?"

श्रीमती सावित्री ने उत्तर दिया-

'कर्मों का कारण 'काम' या 'कामना' (इच्छा) है, और कामना का कारण मन है। मन में परिस्थितियों के कारण विभिन्न कामनायें उत्पन्न होती रहती हैं। और मन इन्द्रियों के द्वारा उन्हें पूरा करने का प्रयत्न करता रहता है। यदि परिस्थितियाँ अनुकूल हों तो कामना पूरी हो जाती है परन्तु कई बार परिस्थितियों के प्रतिकूल होने पर कामना की पूर्ति में बाधा उत्पन्न हो जाती है। तो मन में क्रोध दुःख और भय या अवसाद उत्पन्न हो जाता है।

अतः हम कह सकते हैं कि कर्म करना हमारी बाध्यता नही, अपितु कर्म केवल मन की 'कामना' की पूर्ति के लिये किये जाते हैं। और कर्मों के अच्छे या बुरे होने के अनुसार ही हम उनका फल भोगते हैं। जैसा कि ब्रह्मवैवर्त पुराण के गणपति खन्ड में दिया है-

सुखं दुःखं भयं शोकमानन्दं कर्मणः फलम्।

सुकर्मणः सुखं हर्षमितरे पापकर्मणः।।

अर्थात् सुख दुःख, भय, शोक आनन्द आदि ये कर्म के ही फल है। इनमें सुख और हर्ष उत्तम कर्म के और अन्य पाप कर्म के परिणाम हैं।

कर्म के फल का भोग शुभ-अशुभ रूप से इस लोक अथवा परलोक में प्राप्त होता है। ये सारा जगत् अपने कर्मानुसार ही फल भोगता है। प्राणियों का जो स्वकर्मार्जित भोग है, वह सौ करोड़ कल्पों तक प्रत्येक योनि में शुभ-अशुभ फलरूप में नित्य प्राप्त होता रहता है।

जैसा कि श्री सूरदास ने कहा है-

"करम गति टारे नाहि टरी।

मुनिवशिष्ठ से पंडित ज्ञानी शोध के लगन धरी।।

दशरथ मरण, हरण सीता कौ, वन में विपत परी।"

अर्थात् कर्मों का फलभोग टाला नहीं जा सकता भगवान श्रीराम के राज्याभिषेक का मुहूर्त इतने बड़े ज्ञानी वशिष्ठ जी ने शोध कर निकाला था, परन्तु कर्मों के फल के फलभोग के लिए उन्हें वन में जाना पड़ा। जिसके परिणाम स्वरूप उनके पिता दशरथ जी का निधन हो गया और वन में रावण द्वारा सीता को हर लिया गया। जिस के कारण लंका जाकर रावण से युद्ध करना पड़ा।

जब भगवान श्री राम को भी कर्मफल भोगने पड़े तो साधारण मनुष्य कैसे उनसे बच सकता है।

शीला ने पूछा-"एक ही प्रकार के कर्म को अलग-अलग मनुष्यों द्वारा करने पर अलग-अलग प्रकार का फल मिलते देखा जाता है। इसका क्या कारण है?"

श्रीमती सावित्री ने कुछ क्षण सोचा, फिर समझाया, "गीता में शरीर, वाणी तथा मन के द्वारा होने वाली सभी क्रियाओं को ही कर्म माना है, जिनका फल कर्त्ता की कामना के भाव पर निर्भर करता है। गीता के अनुसार कामना (इच्छा) के भाव के अनुसार ही कर्म (अर्थात् कहने, करने या सोचने) का वर्गीकरण किया गया है। भाव बदल जाने से कर्म का वर्ग भी बदल जाता है, अर्थात् भाव के अनुसार एक ही कर्म सात्विक, राजस या तामस हो सकता है। कई बार कर्म बाहर से सात्विक दिखता हुआ भी कर्त्ता के कर्त्तव्य भाव के राजस या तामस होने पर उसका कर्मफल कर्त्ता के भाव के अनुसार राजस या तामस ही मिलता है। जैसे एक सामान्य गृहस्थ स्त्री या पुरुष पक्षियों को दाना डालते हैं तो उनका यह कर्म सात्विक है क्योंकि यह निस्वार्थ, सेवा भाव से किया गया है। इसलिए यह कर्म 'अकर्म' की श्रेणी में आता है।

परन्तु यदि एक बहेलिया पक्षियों को पकड़ने के लिए जाल बिछा कर उस पर पक्षियों के लिए दाना डालता है तो उस की कामना (इच्छा) पक्षियों को बन्दी बनाने की है अतः यह कर्म, उसकी तामस भावना के कारण तामस हो गया और 'विकर्म' की श्रेणी में आयेगा।

दूसरी मुख्य बात यह है कि यदि मनुष्यों में ममता, आसक्ति और फलेच्छा है तो कर्म (वास्तविक रूप में) न करते हुए भी होता हुआ माना जाता है। अर्थात् कर्म में मन से लिप्त होना भी कर्म करना ही है। परन्तु यदि ममता, आसक्ति और फलेच्छा नहीं है तो (वास्तव में कर्म करते हुए भी) कर्म नहीं होता हुआ माना जाता है। क्योंकि यहाँ कर्म में लिप्तता न होने के कारण (अर्थात् बिना कामना के अनिच्छा पूर्वक, केवल कर्त्तव्य समझकर) किया गया कर्म 'अकर्म' बन जाता है। अर्थात् कर्म का होना या न होना कर्त्ता के मन की कर्म में लिप्तता या निर्लिप्तता पर निर्भर करता है।"

श्रीमती सावित्री ने आगे फिर कहा- इसी प्रकार 'एक ही प्रकार के कर्म के कई अलग प्रकार के कर्मफल भी हो सकते हैं। वास्तव में कर्म का फल कर्म के लिये उत्पन्न कामना या इच्छा के भाव या उद्देश्य पर निर्भर करता है यह उद्देश्य तीन प्रकार का हो सकता है।

पहला, अपने स्वार्थ या अपना हित साधने के लिए 'स्वेच्छा' से किया गया कर्म।

दूसरा, दूसरों की अथवा समाज की भलाई, हित या सुरक्षा के लिये 'अनिच्छा' से किया गया कर्म।

तीसरा किसी दूसरे (बड़े अधिकारी) की आज्ञा पालन करने अथवा सेवक के रूप में अपना कर्त्तव्य पालन करने के लिए 'परेच्छा' अर्थात् दूसरे की इच्छा को पूरा करने के लिए किया कर्म।

मिस शीला ने कहा-

"मैं ठीक प्रकार समझी नहीं। कृपया कुछ उदाहरण देकर समझाइये।"

श्रीमती सावित्री ने कुछ क्षण सोचा फिर कहा-

'मान लो कोई जघन्य हत्यारा है जिसने धन लूटने के लिये एक मनुष्य की हत्या कर दी और उसे पुलिस ने पकड़ कर न्यायाधीश के समक्ष पेश किया। न्यायाधीश ने उसे फाँसी की सजा सुनाई। और न्यायाधीश की आज्ञा के पालन करने के लिये 'वधिक' (जल्लाद) ने उसे फाँसी पर लटका कर उसका 'वध' कर दिया तो यदि हम ध्यान पूर्वक सोचे तो हत्यारे, न्यायाधीश तथा वधिक तीनों का कर्म लगभग एक सा ही है अर्थात् किसी मनुष्य को मारना या मारने की कामना करना (जैसा कि न्यायाधीश के द्वारा किया गया) परन्तु तीनों के भाव तथा उद्देश्य (एक ही प्रकार के कर्म के) अलग-अलग हैं।

पहले आदमी (हत्यारे) द्वारा 'स्वेच्छा' से अपने स्वार्थ (धन लूटने) के उद्देश्य से वही कार्य किया गया।

दूसरे आदमी (न्यायाधीश) द्वारा 'अनिच्छा' से (अर्थात् हत्यारे को फाँसी की सजा सुनाने में उसका कोई स्वार्थ नहीं है।) समाज की सुरक्षा एवं न्याय की स्थापना के लिए, वही 'कर्म' किया गया।

तीसरे आदमी (वधिक या जल्लाद) द्वारा वही कर्म बिना किसी स्वार्थ के 'परेच्छा' अर्थात् दूसरे (न्यायाधीश) की इच्छा या आदेश को पूरा करने के लिए किया गया।

इन तीनों के कर्मों की हम यदि विवेचना या विश्लेषण करें तो पायेंगे कि एक ही प्रकार का कर्म केवल पहले आदमी का 'पाप कर्म' या विकर्म कहलायेगा। तथा दूसरे एवं तीसरे आदमी का केवल कर्त्तव्य कर्म या अकर्म कहलायेगा। क्योंकि एक ही प्रकार का कर्म करने के लिए तीनों की कामना (इच्छा) उत्पन्न होने के भाव (उद्देश्य) अलग-अलग हैं। पहले आदमी की वही कर्म (मनुष्य को मारना) करने की इच्छा, अपना स्वार्थ पूरा करने तथा दूसरे का अहित करने की है।

दूसरे आदमी (न्यायाधीश) की वही कर्म (मनुष्य को मारना) करने की इच्छा (कामना) समाज का हित करने (जो उसका कर्त्तव्य है) की है।

तथा तीसरे आदमी (जल्लाद) की वही कर्म (मनुष्य को मारना) करने की कामना (इच्छा) केवल न्यायाधीश के आदेश का पालन करने की है।

इस प्रकार हम देखते हैं कि उसी कर्म (मनुष्य को मारना) के लिए न्यायाधीश तथा जल्लाद की कामना या इच्छा उन के किसी व्यक्तिगत स्वार्थ के कारण नहीं है अतः उनका यह कर्म, अकर्म बन जाता है। इसलिए उन्हें इस कर्म का कोई (बुरा) फल नहीं मिलेगा।

शीला ने पूछा-

''कर्म, अकर्म तथा विकर्म से आपका क्या तात्पर्य है?''

श्रीमती सावित्री ने उत्तर दिया-

''गीता में कर्मों को तीन श्रेणी में बाँटा गया है- कर्म, अकर्म, तथा विकर्म। गीता के अनुसार, अपना स्वार्थ पूरा करने की कामना से, परन्तु किसी दूसरे का अहित न करते हुए किया गया कर्म तो कर्म है।

अपना स्वार्थ पूरा करने के लिए दूसरे का अहित करने की कामना से किया गया 'कर्म' 'विकर्म' कहलाता है। जिसका फल निश्चित रूप से बुरा मिलता है।

तथा बिना अपने किसी स्वार्थ के (कर्त्तव्य पूरा करने) दूसरों के हित की कामना से किया गया कर्म 'अकर्म' कहलाता है। जिसका कोई (अच्छा या बुरा) फल कर्त्ता को नहीं मिलता।

इस प्रकार यदि पिछले उदाहरण को गीता के अनुसार सोचें तो हत्यारे द्वारा किया गया कर्म विकर्म बन जाता है जिसका बुरा फल उसे मिला (फाँसी के रूप में)।

न्यायाधीश तथा जल्लाद के लिए उनका कर्म 'अकर्म' बन जाता है जिसका कोई फल उन्हें नहीं मिलता।

महर्षि पतंजलि ने अपने 'योग दर्शन' में कर्मों को चार श्रेणियों में रखा है। अच्छे कर्म, बुरे कर्म, अच्छे तथा बुरे (मिले जुले) कर्म तथा न अच्छे, न बुरे कर्म (उदासीन) कर्म।

यदि उनके अनुसार हम इसी उदाहरण की विवेचना करें तो हत्यारे द्वारा किया गया कर्म 'बुरा कर्म' होगा, न्यायाधीश द्वारा किया गया कर्म 'अच्छा कर्म' होगा तथा जल्लाद द्वारा किया गया कर्म 'न अच्छा न बुरा' (उदासीन) की श्रेणी में आता है।

इस प्रकार विभिन्न पुरातन ऋषियों द्वारा दिये गए 'कर्म' के ज्ञान का विवेचन कर हम अपने कर्मों का निर्धारण कर सकते हैं। परन्तु यह समझना बड़ा कठिन है कि वर्तमान में (अभी किए कर्मों का) और पूर्व में किए गए कर्मों के परिणामों में भाग्य के अनुसार किस कर्म का क्या फल होगा। किसी कर्म को करने में मनुष्य अपना भला समझता है परन्तु हो जाता है बुरा। अर्थात् फायदे के लिए किये गए कर्म से नुकसान तथा सुख के लिए किए गए कर्म से दुःख प्राप्त हो सकता है। इसका कारण है कि मनुष्य हमेशा कर्म के मनोनुकूल फल की इच्छा करता है परन्तु वह कर्मों की गति को नहीं समझ सकता जैसा श्री सूरदास का भजन है-

"ऊधौ करमन की गति न्यारी"

शीला ने शंका की-'क्या किसी कर्म का कर्म फल नये कर्म के रूप में प्राप्त नहीं होता?

श्रीमती सावित्री ने समझाया-

"वास्तव में 'कर्म' का फल 'कर्म' नहीं होता बल्कि 'कर्म' करने से अनुकूल या प्रतिकूल परिस्थिति प्राप्त होती है। वही परिस्थिति ही कर्म-फल कहलाती है। उस परिस्थिति के अनुसार हम चाहें तो नये 'कर्म' कर के इस कर्मों की श्रृंखला को अनवरत आगे बढ़ाते चले जा सकते हैं। और यदि हम कर्म बन्धन से मुक्त होना चाहें तो उस प्राप्त अनुकूल या प्रतिकूल परिस्थिति को ऐसे ही छोड़ कर शांत बैठ सकते हैं और कर्म-बन्धन से मुक्त हो सकते हैं।

परन्तु सामान्य मनुष्य अपनी भावनाओं (लोभ, ईर्ष्या, द्वेष, क्रोध, ममता, अहंता इत्यादि) के वश में होकर इन परिस्थितियों पर प्रति क्रिया स्वरूप नये कर्म करता जाता है। जिनसे नई परिस्थियाँ उत्पन्न

होती है। इस प्रकार इन कर्मों की श्रृंखला कभी (मृत्यु प्रर्यन्त) समाप्त नहीं होती।

अतः यह शरीर नष्ट होकर नया जन्म नए शरीर के साथ मिल जाता है। जीव का जन्म कर्मों के अनुबन्ध के अनुसार होता है। जिस नये परिवार में जन्म मिला है उस परिवार के सदस्यों से धन अथवा कर्मों का ऋणानुबन्ध है अर्थात् किसी से ऋण वसूल करना है अथवा किसी से सेवा (शारीरिक सेवा) करवानी है तथा किसी का ऋण चुकाना है अथवा किसी की शारीरिक सेवा करनी है। यही नियम नाते रिश्तेदारों एवं मित्रों इत्यादि जिनके सम्पर्क में इस जीवन में हम आते हैं, उन सभी पर लागू होता है। साथ ही इस जन्म के कर्मों तथा पिछले जन्मों के कर्मों के फल के रूप में जो अनुकूल या प्रतिकूल परिस्थितियाँ हमें प्राप्त होती हैं, उनका सदुपयोग या दुरुपयोग, नये अच्छे अथवा बुरे कर्मों को करने के लिए हमारी बुद्धि, विवेक तथा 'चेतन मन' स्वतंत्र रहता है। और उन नये कर्मों द्वारा दूसरे जीवों (प्राणियों अथवा मनुष्यों) के साथ हमारे नये ऋण-अनुबन्ध बनते चले जाते हैं, जो इसी जन्म में कुछ समय बाद या अगले जन्मों में हमारे कार्य व्यवहार अथवा नऐ कर्मों का कारण बनते हैं। इसी प्रकार जीव के इस संसार में जन्म-मरण की श्रृंखला (chain) लगातार चालू रहती है।

शीला ने पूछा–

"क्या जन्म-मरण की श्रृंखला से अलग होने का कोई उपाय है?"

श्रीमती सावित्री ने उत्तर दिया–

इससे अलग होने का केवल एक ही उपाय है, कर्म-फल की इच्छा का त्याग। फल की इच्छा न रखने से नयी कामना (इच्छा) उत्पन्न नहीं होगी। अर्थात् अपने 'स्वयं' के सुख या लाभ के लिए कोई कर्म करने की इच्छा उत्पन्न नहीं होगी और बिना कामना के दूसरों के सुख या भलाई के लिए किए गए सभी परोपकारी कर्म 'अकर्म' बन जावेंगे। जिनके फल की कोई इच्छा न आपको होगी, न उनका फल आपको मिलेगा। अतः

उनसे किसी नये ऋण अनुबन्ध की सम्भावना नहीं रहेगी, जो जीव को नया जन्म मिलने का कारण है।

शीला ने पूछा-"शरीर द्वारा कर्म कैसे और क्यों होता है? क्या कर्मों का फल भोग अस्थायी है? जीवन जीने का उचित मार्ग क्या है?"

श्रीमती सावित्री ने उत्तर दिया-

'मुण्डकोपनिषद् के अनुसार-

कामना (इच्छा) के कारण मन में विचारों का प्रवाह शुरू हो जाता है। इन विचारों की संख्या, गुण और दिशा के अनुसार ही कर्म होता है। कामना के अभाव में, कामना से प्रेरित कर्म नहीं होते। भले ही शरीर द्वारा स्वाभाविक क्रियाएं (कर्म) जैसे हृदय का धड़कना, श्वास-प्रस्वास, भोजन का पाचन इत्यादि होते रहते हैं। कामना न होने से विचारों का प्रवाह भी शांत हो जाता है और मन नष्ट हो जाता है अर्थात् अपने शुद्ध स्वरूप से एक रूप हो जाता है।

जीवन जीने के दो मार्ग हैं- पहला प्रवृत्ति और दूसरा निवृत्ति का। प्रवृत्ति मार्ग बहिर्मुखी लोगों के लिए उचित है जो अनेकानेक फलों का उपभोग करने के लिए हमेशा कर्म करने में ही व्यस्त रहते हैं।

निवृत्ति मार्ग अन्तर्मुखी लोगों के लिए उपयुक्त है जो विषयोपभोग से विरक्त होकर आत्मज्ञान प्राप्त करना चाहते हैं।

शास्त्र के अनुसार हमारे प्राचीन ऋषियों ने पुण्यकर्मों को दो भागों में बाँटा है। यज्ञ यागादि वेदों में बताये हुए कर्मों को 'इष्टम्' तथा स्मृति ग्रंथों में बताए गए पुण्यकर्मों जैसे कुएँ, बावड़ी बनवाना, रास्ता (सड़क) बनवाना, स्कूल (पाठशाला) खोलना, भूखे और रोगी व्यक्तियों की सहायता करना इत्यादि कर्मों को ही 'पूर्तम्' कहा गया है।

दोनों ही प्रकार की कर्म दिव्य और श्रेष्ठ होने के बाद भी हमें केवल कुछ समय (पुण्य कर्म के प्रभाव के अनुसार) के लिए ही, सूक्ष्म विषयोभोग से पूर्ण स्वर्गलोक की ही प्राप्ति करा सकने में सक्षम है।

उनके प्रभाव की समाप्ति के बाद हमें फिर वापस अपने पूर्व लोक (स्थिति) में ही आना होगा।

जो व्यक्ति केवल कामनाओं से प्रेरित होकर पुण्यकर्म करते हैं वे स्वर्गादिलोकों में जाकर फलोपभोग के बाद इसी मृत्युलोक में वापस आते हैं। परन्तु जो लोग इसी जीवन में आत्मज्ञान प्राप्त कर स्व-स्वरूप में स्थित हो जाते हैं उन्हें कहीं भी आना जाना नहीं पड़ता।

शीला ने पूछा-"संसार के उपलब्ध साधनों का उपयोग कैसे करना चाहिए?"

श्री मती सावित्री ने उत्तर दिया-

'राग, द्वेष रहित होकर विषयों का सेवन (सुख की कामना से नहीं अर्थात् भोग की भावना से नहीं) करने से मनुष्य अन्तःकरण की प्रसन्नता (स्वच्छता) को प्राप्त होता है। यह प्रसन्नता मानसिक तप है। (गीता के सत्रहवें अध्याय के सोलहवें श्लोक के अनुसार) जो शारीरिक और वाचिक (मुँह से बोलकर) तप से ऊँचा है। इसलिए मनुष्य को न तो राग पूर्वक (अच्छा लगने के कारण) विषयों का सेवन करना चाहिए, और न द्वेष पूर्वक (बुरा समझ कर) उनका त्याग करना चाहिए।

अंतःकरण की प्रसन्नता से खिन्नता मिट जाती है। और खिन्नता मिट जाने पर सुख की लिप्सा (लालसा) नहीं रहती। अतः पूर्व कर्मों के फलस्वरूप उसके सामने दुःखदायी परिस्थिति आ भी जाये तो भी उसके अन्तःकरण में दुख, संताप, हलचल आदि विकृतियाँ नहीं आतीं।

मनुष्य के लिए उचित है कि वह संसार की प्रिय से प्रिय वस्तु या परिस्थिति मिलने पर भी प्रसन्न न हो और अप्रिय से अप्रिय परिस्थिति या वस्तु मिलने पर भी उद्विग्न न हो। त्यागपूर्वक भोग (भोग से प्राप्त सुख, दुःख को त्यागा हुआ भोग) वास्तव में भोग है ही नहीं क्योंकि 'स्थूल शरीर' से होने वाली 'क्रिया', 'सूक्ष्म शरीर' से होने वाला 'चिन्तन' और 'कारण शरीर' से होने वाली 'स्थिरता' सभी संसार के लिए हैं 'स्वयं' या 'जीव' के लिए नहीं। क्योंकि स्थूल शरीर' की भौतिक जगत' के साथ,

'सूक्ष्म-शरीर' की सूक्ष्म जगत' के साथ और 'कारण शरीर' की 'कारण जगत' के साथ एकता या तादात्म्य है।'

शीला ने पूछा-'हमारे शरीरों द्वारा कितने प्रकार के कर्म किए जाते हैं? और उनके कर्म फल किस प्रकार प्राप्त होते हैं?"

श्रीमती सावित्री ने उत्तर दिया-

"सामान्यतः कर्मों को हम दो प्रकार के कह सकते हैं। पहले प्रकार के वे जो हमारे सूक्ष्म शरीर के देवताओं द्वारा हमारे लिए किए जाते हैं। उन पर हमारे मन का कोई नियंत्रण नहीं होता।

दूसरे वे जो कामना (इच्छा) की पूर्ती के लिए मन के किसी भाग द्वारा भौतिक शरीर की इन्द्रियों या मस्तिष्क के किसी भाग द्वारा करवाये जाते हैं। उन पर मन के किसी भाग का नियंत्रण रहता है।

पहले प्रकार के कर्मों का कर्म फल हमें पिछले जन्मों में किए गए कर्मों के अनुसार 'परेच्छा' (अर्थात् इस जन्म के माता पिता द्वारा प्रदत्त शरीर के अंगों जो स्वस्थ अथवा अस्वस्थ, सबल अथवा निर्बल विकार सहित अथवा विकार रहित हो सकते हैं) से प्राप्त शरीर के अंगों के रूप में मिलता है जिसको भोगने के लिए हम बाध्य हैं। इन्हीं कर्मफलों के कारण हमें वंशानुगत व्याधियाँ (रोग) जैसे अस्थमा (Asthma), मधुमेह (Diabetes), मिरगी (Epilepsy), कालामोतिया (glaucoma), रंग अंधता (colours blindness), रक्त चाप (Blood Pressure) इत्यादि प्राप्त होते हैं। ये सभी सूक्ष्म शरीर की व्याधियाँ हैं। जिनका इलाज भौतिक जगत के उपकरणों तथा औषधियों से नहीं हो पाता।

दूसरे प्रकार के कर्म जो कामनाओं की पूर्ती के लिए किए जाते हैं उनके कर्मफल भी दो भागों में प्राप्त होते हैं पहले तात्कालिक तथा दूसरे संस्कार रूप में।

इनमें पहला भाग चेतन मन अथवा सहज बुद्धि द्वारा (अनुभव के अनुसार) ग्रहण किया जाता है तथा दूसरा संस्कार वाला भाग 'अवचेतन'

मन के स्मृति अथवा ज्ञान भाग (अनुभव के अनुसार) द्वारा ग्रहण कर के संग्रहीत या संचित (accumulate) कर लिया जाता है। और इन कर्म-फलों का भोग इसी जन्म में कुछ समय पश्चात् अथवा अगले किसी जन्म में भोगना होता है।

कर्म-फलों के इन्हीं संचित संस्कारों वाले भागों के अनुसार हमें दूसरे जन्म के माता-पिता, परिवार तथा परिस्थियाँ प्राप्त होती हैं।

अच्छे संस्कार वालों को अच्छा परिवार एवं स्वस्थ शरीर प्राप्त होता है तथा बुरे संस्कार वालों को बुरा परिवार, अस्वस्थ शरीर तथा बुरी परिस्थितियों का सामना करना पड़ता है। परन्तु अधिकतर लोगों के संस्कार क्योंकि मिले-जुले (अच्छे तथा बुरे दोनों) होते हैं अतः उन्हें या तो अच्छा स्वास्थ्य मिल जाये तो परिवार या परिस्थितियाँ प्रतिकूल मिलती हैं। अथवा अच्छा परिवार तथा अनुकूल परिस्थितियाँ मिलने पर भी स्वास्थ्य खराब रहता है या कोई भयंकर व्याधि (बीमारी) लगी रहती है। ब्रह्मवैवर्त पुराण के ब्रह्मखंड के अनुसार इन सब का मूल कारण पाप कर्म ही है-

"पापेन जायते व्याधिः पापेन जायते जरा।

पापेन जायते दैन्यं दुःखं शोको भयंकरः।।"

अर्थात् पाप से ही रोग होता है। पाप से ही बुढ़ापा आता है। और पाप से ही दैन्य, दुःख और भयंकर शोक की उत्पत्ति होती है।

अतः कह सकते हैं कि पाप कर्म ही दुःख, रोग और वृद्धावस्था के मूल कारण है।

शीला ने पूछा-'इस जीव को इस संसार बन्धन में कौन बाँधता है?''

श्रीमती सावित्री ने उत्तर दिया-

"प्रत्येक कर्म का आरम्भ और अंत होता है। इसी प्रकार उसके फल का भी आरम्भ और अन्त होता है जो अनुकूल या प्रतिकूल प्राप्त

परिस्थितियों के रूप में होता है। परन्तु 'जीव' का न कोई आरम्भ होता है न अन्त। वह स्वयं नित्य निरंतर रहने वाला है। इस प्रकार जीव कर्म और उसके फल से सर्वथा सम्बन्ध रहित है फिर भी 'फल की इच्छा' के कारण उससे बँध जाता है। इसलिए कह सकते हैं कि 'फल की इच्छा' ही जीव को इस संसार से बाँधने वाली है।'

शीला ने पूछा-

'कई बार विचारवान् मनुष्य स्वयं पाप नहीं करना चाहता परन्तु कोई दूसरा (प्राणी अथवा परिस्थति) ही उसे जबर्दस्ती (न चाहते हुए भी) पाप में प्रवृत्त करा देता है वह प्राणी अथवा परिस्थिति कौन और कैसी है?

श्रीमती सावित्री ने उत्तर दिया-

वास्तव में राग और द्वेष जो काम (कामना) और क्रोध के ही सूक्ष्म रूप हैं, ये दोनों ही पाप के कारण हैं। इनके अतिरिक्त अश्रद्धा, असूया, दुष्टचित्तता, मूर्खता, स्वभाव की परवशता, राग, द्वेष अपने कर्त्तव्य कर्म में अरुचि, दूसरे के दोष देखने में रुचि इत्यादि तथा इनके अतिरिक्त ईश्वर का प्रकोप, बुरा प्रारब्ध (कर्म फल), युग (कलयुग इत्यादि) परिस्थितियों, कर्म विकर्म कुसंग(बुरे लोगों का साथ), समाज, रीति,-रिवाज, शासन व्यवस्था (न्याय-व्यवस्था) आदि बहुत सारे कारण (कारक factors) हैं। जिनका हमारे विचारों, जीवन शैली तथा कार्यों (कर्मों) पर असर पड़ता है और उन्हीं के अनुसार कर्म (अच्छे अथवा बुरे) करने को मनुष्य को बाध्य होना पड़ता है।

शीला ने पूछा-'कामना के विभिन्न रूप क्या है?'

श्रीमती सावित्री ने उत्तर दिया-

"अप्राप्त को प्राप्त करने की चाह 'कामना' है। अन्तःकरण में जो अनेक सूक्ष्म कामनाएं दबी रहती हैं उनके समग्र रूप को 'वासना' नाम दिया गया है। वस्तुओं की (कमी) आवश्यकता महसूस होना 'स्पृहा' है। किसी वस्तु में अच्छाई और प्रियता (पसंद होना) 'आसक्ति' है। वस्तु

के मिलने (प्राप्त होने) की सम्भावना रहना 'आशा' है। प्राप्त वस्तु के और अधिक प्राप्त करने की इच्छा 'लोभ' है। प्राप्त वस्तु हमारे पास ही बनी रहे (हम से दूर या अलग न हो) यह 'मोह' है। ये सभी 'काम' के ही परिवर्तित विभिन्न रूप हैं। इन सब के मूल में 'काम' ही है। इसलिए 'काम' या 'कामना' के मिटने पर ये सभी अपने आप मिट जाते हैं।"

शीला ने पूछा-

यह 'काम' हमारे किस शरीर के किस भाग में रहता है?

श्रीमती सावित्री ने उत्तर दिया-

'बाहर से देखने पर तो 'काम' भौतिक शरीर की इन्द्रियों में (रूप, रस, गंध एवं स्पर्श के सुख की इच्छा के रूप में आंख, कान, नाक इत्यादि में) प्रतीत होता है। और इन इन्द्रियों का स्वामी मन (चेतन मन) होने के कारण मन में दिखता है, परन्तु मन को बुद्धि नियंत्रित करती है इसलिए बुद्धि (सहज बुद्धि) में परन्तु मन और बुद्धि सूक्ष्म शरीर के अवयव हैं अतः सूक्ष्म शरीर में और इंन्द्रियों, मन तथा बुद्धि को जड़ अहं (मैं या कर्ता) नियंत्रित करता है इसलिए जड़ अहं में, जो कारण शरीर का भाग या अवयव है उसमें भी प्रतीत होता है। अर्थात् कह सकते हैं कि बाहर से देखने पर 'काम' तीनों शरीरों में ही प्रतीत होता है, परन्तु सावधानी पूर्वक विवेचना करें तो पायेंगे कि, क्योंकि इन्द्रियाँ, मन तथा बुद्धि सभी क्योंकि जड़ अहं (मैं) के अधीन है अतः 'काम' का उद्गम स्थल (origin) वास्तव में जड़ अहं 'मैं' ही है जहाँ 'काम' उत्पन्न होता है परन्तु इसके निर्देशन में समस्त क्रियाऐं में भौतिक शरीर तथा कारण शरीर की इन्द्रियों, मन तथा बुद्धि के द्वारा ही होती है।

शीला ने फिर पूछा-

"इस 'काम' या 'कामना' से बचने अथवा इसको नष्ट करने का उपाय क्या है?"

श्रीमती सावित्री ने उत्तर दिया-

'इस 'काम' का नाश करना बहुत ही कठिन है। इसको नष्ट करने का उपाय है- अपने द्वारा अपने आप को वश में करना अर्थात् अपने आपको (अपने भौतिक शरीर को) अपने वास्तविक (ईश्वर अंश) के द्वारा वश में करना अर्थात् अपने आप को शरीर न मान कर 'जीव' (ईश्वर अंश एवं आत्मा का संयुक्त रूप) ही मानना। क्योंकि हमें यह शरीर जो आभासी नश्वर या नाशवान या (Virtual) है वह वास्तविक (Real) प्रतीत होता है। और 'जीव' जो वास्तविक और अविनाशी (indestructible) है वह आभासी प्रतीत होता है ऐसा केवल अहम् (जड़ अहम् 'मैं') द्वारा मन और बुद्धि को भ्रमित (काम द्वारा) करने के कारण होता है। परन्तु वास्तव में प्राणी की देह में चेतना जीव द्वारा ही प्रदत्त (दी हुई) है। अतः वह (शरीर या देह) जीव को नहीं देख सकता केवल अनुभव कर सकता है, इसलिए वह (देह) जीव को भौतिक शरीर का ही एक भाग मानता है जबकि जीव 'कारण-शरीर का मुख्य भाग है जो सूक्ष्म-शरीर और भौतिक शरीर से परे (Beyond) है। इसलिए यह भौतिक शरीर जीव को केवल चेतना द्वारा ही अनुभव कर सकता है, देख नहीं सकता। परन्तु जीव सूक्ष्म शरीर या भौतिक शरीर को नियंत्रित (Control) नहीं करता उनके नियंत्रण का कार्य, कारण-शरीर के ही दूसरे अवयव 'अहम' का जड़ भाग तथा चेतन भाग (Ego and self) जिन्हें 'मैं' तथा 'स्वयं' कहा गया है, के द्वारा ही होता है।

शीला ने फिर पूछा-

'क्या सभी कर्म 'भौतिक शरीर' द्वारा ही किए जाते हैं जैसा कि प्रतीत होता है, और उनके कर्मफल भी क्या केवल भौतिक शरीर ही भोगता है?''

श्रीमती सावित्री ने उत्तर दिया-

''वास्तव में सारे कर्म भौतिक शरीर के अवयवों (कर्मन्द्रियों अथवा ज्ञानेन्द्रियों) हाथ पैर, आंख, नाक, कान, जिव्हा इत्यादि द्वारा किए हुए ही दिखलायी देते हैं परन्तु इन्द्रियाँ कर्म करने को स्वतंत्र नहीं हैं, इन पर मन (चेतन मन) का नियंत्रण रहता है। अर्थात् हम कह सकते हैं कि चेतन मन

अथवा अवचेतन मन के किसी भाग के द्वारा भौतिक शरीर से अधिकतर कर्म करवाये जाते हैं। चेतन मन 'सूक्ष्म शरीर' का तथा अवचेतन मन के कई भाग 'कारण शरीर' के अवयव हैं। अतः हम कह सकते हैं कि भौतिक शरीर द्वारा किए गये कर्मों में 'सूक्ष्म शरीर' तथा 'कारण शरीर' के द्वारा करवाये गए कर्म भी शामिल है, इसी प्रकार यद्यपि कर्म प्रत्यक्ष में भौतिक शरीर द्वारा किया हुआ जान पड़ता है परन्तु परोक्ष में (वास्तव में) वह सूक्ष्म शरीर' जिसका 'कर्म-फल' भी उसी शरीर को भोगना पड़ता है जिसका प्रभाव 'भौतिक शरीर' के अवयवों (मस्तिष्क, हृदय, फेफड़े, लिवर अथवा पेन्क्रियाज़ इत्यादि) पर पड़ सकता है।

गीता के अनुसार कर्मफल तीन प्रकार के होते हैं। इष्ट, अनिष्ट और मिश्र (गीता के अठारहवे अध्याय का बारहवाँ श्लोक) तीनों में 'काम' का केवल अनिष्ट फल ही मिलता है। प्रारब्ध से कोई अच्छा या बुरा कर्म नहीं होता, केवल अच्छी या बुरी परिस्थिति (कर्म फल के रूप में) प्राप्त होती है। उस परिस्थिति में मन की कामना (जैसी भी अच्छी या बुरी हो) के अनुसार (इन्द्रियों या भौतिक शरीर द्वारा) नये कर्म किए जाते हैं, जिनका पिछले कर्मों के फल या प्रारब्ध से कोई सम्बन्ध नहीं होता।

कामना रजोगुणी (भाव जगत की) वृत्ति है। 'सम्मोह' तमोगुणी (कारण जगत की) वृत्ति है। और क्रोध रजोगुण और तमोगुण के बीच की (भावजगत की) वृत्ति है। क्रोध के मूल में राग (कारण जगत् की वृत्ति) होता है।

क्रोध से सम्मोह होता है अर्थात् मूढ़ता (अविवेक) छा जाती है। वास्तव में काम, क्रोध लोभ तथा ममता- इन चारों से सम्मोह उत्पन्न होता है।

मूढ़ता छा जाने से स्मृति (अवचेतन मन का भाग, कारण जगत का अवयव) का नाश (क्षय) हो जाता है अर्थात् सही गलत का विवेक नष्ट हो जाता है। और विवेक नष्ट होने से मनुष्य गलत निर्णय लेता है और अपयश का भागी होकर अपनी स्थिति (मान सम्मान की स्थिति) से गिर जाता है। (गीता अध्याय-2 के श्लोक संख्या-63 के अनुसार।)

अब तक शाम हो गई थी और श्रीमती सावित्री को शाम के भोजन की व्यवस्था भी करनी थी अतः उन्होंने शीला को फिर अगले दिन दोपहर के भोजन के बाद आने को कहा और भोजन की व्यवस्था के लिए जाने लगीं तो शीला ने भी भोजन व्यवस्था में उनका हाथ बँटाने की इच्छा व्यक्त की जो उन्होंने सहर्ष स्वीकार कर ली।

अगले दिन शीला फिर उनके पास पहुँची और अपनी शंका उन्हें बतलाई।

अध्याय - 3

तीन प्रकार की व्याधियाँ

शीला ने पूछा-"विभिन्न कर्म क्या हमारे तीनों शरीरों द्वारा किए जाते हैं? और उनके कर्म फल भी क्या तीनों शरीरों द्वारा तीन प्रकार की व्याधियों के रूप में भोगे जाते हैं?"

श्रीमती सावित्री ने उत्तर दिया-

'मनुष्य शरीर तीन शरीरों का संयुक्त (मिला हुआ) रूप है जिसमें भौतिक शरीर या स्थूल शरीर तो हमें दिखलायी देता है और संसार के सारे काम हम इसी से (कर्मेन्द्रियों एवं ज्ञानेन्द्रियों द्वारा करते हुए मानते हैं परन्तु बहुत सारे कार्य (कर्म) ऐसे हैं जो इन इन्द्रियों की सीमा से परे (Beyond) होते हैं। जिनका संचालन मन के विभिन्न भागों, बुद्धि के भागों, अहं के भागों इत्यादि द्वारा होता है जिनमें से कुछ भाग सूक्ष्म शरीर के अवयव हैं तथा कुछ कारण शरीर के अवयव हैं।

इस प्रकार हम कह सकते हैं कि कुछ कर्म भौतिक शरीर द्वारा, कुछ कर्म सूक्ष्म शरीर द्वारा तथा कुछ कर्म कारण शरीर द्वारा किए जाते हैं। इन कर्मों के कर्म-फल (अच्छे अथवा बुरे) भी इन तीनों शरीरों द्वारा ही भोगे जाते हैं। जो कर्म जिस शरीर द्वारा होता है उसका अच्छा या बुरा कर्मफल भी उसी शरीर (के अवयवों) द्वारा ही भोगा जाता है।

बुरे कर्म-फल कई बार व्याधियों के रूप में इन शरीरों को भोगने पड़ते हैं। ये कर्म-फल इसी जन्म के अथवा पिछले जन्मों के संचित कर्मों

के हो सकते हैं। ये व्याधियाँ (बीमारियाँ या रोग) तीन प्रकार की (तीनों शरीरों द्वारा किए गए कर्मों के कारण) होती हैं।

भौतिक शरीर के बुरे कर्मों के फल स्वरूप जो व्याधियाँ होती हैं वे भौतिक व्याधि कहलाती हैं। सूक्ष्म शरीर के द्वारा किए गए बुरे कर्मों के फल स्वरूप होने वाली व्याधियाँ दैविक व्याधि कहलाती है क्योंकि सूक्ष्म शरीर के देवताओं (जो विभिन्न देवताओं द्वारा ही संचालित होता है) को ही प्रभावित करती हैं।

कारण शरीर के अवयवों द्वारा किए गये खराब कर्मों के कर्म-फल के रूप में जो व्याधियाँ होती हैं वे देहिक व्याधियाँ कहलाती हैं क्योंकि ये 'देही' (देह का स्वामी जीवात्मा) से संबंधित हैं इसलिए ही 'देहिक' कहलाती है।

भौतिक व्याधियों का उपचार भौतिक पदार्थों को ही औषधि रूप में देकर हो जाता है जैसा कि श्रीमद्भागवत के प्रथम स्कन्द के पाँचवें अध्याय के तैंतीस वे श्लोक में ऋषियों ने कहा है-

आमयो यश्च भूतानां जायते येन सुब्रत।

तदेव ह्यामयं द्रव्यं न पुनाति चिकित्सितम्।।33

जिसका अर्थ दिया है-

प्राणियों को जिस पदार्थ के सेवन से जो रोग हो जाता है, वही पदार्थ चिकित्सा विधि के अनुसार प्रयोग करने पर क्या उस रोग को दूर नहीं करता? (अर्थात् करता है)

लगभग यही बात चिकित्सा की होम्योपैथिक (Homeopathic) पद्धति में भी कही गई है। परन्तु उस पद्धति में वो पदार्थ बहुत ही सूक्ष्म मात्रा में दिया जाता है जो सूक्ष्म शरीर के अवयवों (देवताओं) को सबल बनाने में सहायक होता है।

सूक्ष्म शरीर की व्याधियाँ या दैविक व्याधियाँ ज्यादातर देवों (दैत्यों) के सूक्ष्म शरीर पर आक्रमण के कारण होती है। ये दैत्य (वायरस) सामान्यतः महामारी के रूप में मौसम के अनुसार आक्रमण करते हैं जिन्हें वायरल (Viral) रोग कहा जाता है जिनका उपचार सूक्ष्म शरीर के देवताओं की शक्ति (औषधियों द्वारा) बढ़ा कर किया जाता है। उसके लिए होम्योपैथी में शक्तिकृत औषधियों का प्रयोग किया जाता है। कारण जगत के अवयवों द्वारा उत्पन्न व्याधियाँ जो 'दैहिक व्याधि कहलाती है। उनका उपचार भौतिक जगत के अवयवों (औषधियों) अथवा सूक्ष्म जगत के देवताओं द्वारा सम्भव नहीं होता क्योंकि ये सभी अवयव कारण जगत के अवयवों से कम ऊर्जास्तर के कण-तरंगों से निर्मित हैं। अतः उनके उपचार के लिए कारण जगत के ही उच्च ऊर्जास्तर वाले कण से निर्मित अवयवों जो मनोजगत, भावजगत या श्रद्धा जगत के अवयव हैं, की आवश्यकता होती है।

कारण जगत की व्याधियाँ या दैहिक व्याधियाँ सामान्यतः मनोजगत के अवयवों मन के विभिन्न भागों या कारण जगत के अवयव अहं (के भागों में) द्वारा किये गये बुरे कर्मों जैसे क्रोध, ईर्ष्या, द्वेष, निन्दा, इत्यादि के कर्म-फल के रूप में प्रकट होती हैं जिन को दो श्रेणियों में बांटा गया है। पहली प्रकार की व्याधियाँ मस्तिष्क (Brain) के प्रभावित होने के कारण होती है। जैसे मिरगी (Epilepsy), डिमेन्शिया (Dementia), अलजाइमर्स (Alzheimer's), दिमाग में ट्यूमर (Brain Tumor) तथा मस्तिष्क ज्वर (Brain Fever) इत्यादि। इनकी चिकित्सा सूक्ष्म जगत के अवयवों द्वारा मस्तिष्क की चिकित्सा कर के की जा सकती है जिसमें काफी अधिक समय लगता है।

दूसरे प्रकार की व्याधियाँ चेतन (Conscious) तथा अवचेतन (unconscious)) मन (Mind) के विभिन्न अवयवों या भागों में उत्पन्न विकृतियों के कारण होती हैं। ये विकृतियाँ मन में उत्पन्न, कामनाओं की पूर्ति न हो पाने के कारण होती हैं।

यह 'कामना' 'कारण जगत' का अवयव है जो कारण जगत की व्याधियों (दैहिक व्याधियों) का मूल (जड़) है। 'दैहिक व्याधियाँ' 'काम' या 'कामना' की पूर्ति न होने के फल स्वरूप क्रोध, द्वेष, दुःख, निराशा, हताशा इत्यादि 'कारण जगत के अवयवों द्वारा ही उत्पन्न होती हैं। ये मानसिक व्याधियाँ या मनोरोग (Mental Illnesses) सामान्यतः डिप्रेसन (Depression) (लम्बी उदासी), जिसमें रोगी हमेशा उदास और निराश अनुभव करता है। मेनिया (Mania) (अति उत्साह) जिसमें रोगी की नींद उड़ जाती है अथवा कम हो जाती है, वह एक जगह स्थिर नहीं बैठ सकता तथा उसकी इच्छायें बहुत बढ़ जाती हैं। स्किजोफ्रेनिया (Schizophrenia) -जिसमें रोगी अपने आप में ही खोये रहता है, वह सभी पर शक करने लगता है, अपने आप ही कुछ बुदबुदाता रहता है, अचानक बिना कारण हँसता या रो देता है। उसे नींद भी कम आती है और नहाने धोने, खाने पीने की भी सुध नहीं रहती। ऐंग्जाइटी (Anxiety) (घबराहट) के रोग में रोगी को विभिन्न प्रकार की चिन्तायें लगी रहती हैं, उसे अकारण भय के कारण घबराहट तथा बेचैनी होने लगती है, जिसके कारण नींद देर से आती है या बार बार टूट जाती है। रोगी के पेट में जलन, मुँह सूखना, दिल धड़कना, शरीर के किसी भाग में ऐंठन अथवा दर्द या कम्पन इत्यादि लक्षण उत्पन्न हो जाते हैं। पेनिक डिसआर्डर (Panic Disorder) -जिसमें रोगी को अत्याधिक घबराहट होती है, हाथ पैर ठंडे पड़ जाते हैं, और शरीर में अत्याधिक पसीना आने लगता है। फोबिया (Phobias)- (अकारण भय)-जिसमें रोगी को चूहा, छिपकली, मकड़ी, कॉकरोच, ऊँचाई, अँधेरा, बन्द जगह इत्यादि से भय लगता है। ऑबसेशन (Obsessions) (फालतू विचार)-जिसमें रोगी के दिमाग में कोई एक बात (विचार) घर कर जाती है और बार-बार दिमाग में वही बात आती रहती है। तथा हाइपोकॉन्ड्रियोसिस (Hypochondriasis) (रोग भय)-जिसमें रोगी सामान्य से दर्द या थकान इत्यादि को भी बहुत बड़ा रोग समझने लगता है और डाक्टरों से सलाह लेता है इत्यादि हैं। ये सभी रोग मनोरोग की श्रेणी में आते हैं। जिनकी चिकित्सा तथा निराकरण 'कारण जगत' के अवयवों के ऊर्जा स्तर से अधिक ऊर्जास्तर वाले 'भावन जगत' या 'श्रद्धा जगत' के अवयवों जैसे ईश्वर की प्रार्थना, ईश्वर की

शरणागति, दया करुणा, ईश्वर भक्ति या समर्पण इत्यादि द्वारा ही होता है।

प्राचीन ऋषियों ने मन्दिरों के रूप में चिंतित निराश तथा दुःखी मनुष्यों के शरण स्थल बनाये हैं जहाँ मनुष्य मनोरोगों से बचाव के लिए नियमित रूप से जाते हैं, और उसे धार्मिक गतिविधि का रूप दे दिया गया है। जिस से कि चिन्ता, दुःख, अवसाद तथा निराशा इत्यादि से ग्रस्त मनुष्य को वहाँ जाने में कोई संकोच न हो।

शीला ने पूछा-

"मनुष्य की मस्तिष्क की तथा मानसिक (मन की) बीमारियाँ किन शरीरों द्वारा होती हैं?"

श्रीमती सावित्री ने उत्तर दिया-

'मस्तिष्क की भौतिक व्याधियाँ, जो सामान्य औषधियों (ऐलोपैथिक, आयुर्वेदिक अथवा यूनानी) से ठीक की जा सकती हैं अथवा मस्तिष्क का आपरेशन करके ठीक की जात सकती हैं। इन व्याधियों में, ब्रेन हेमरेज (दिमाग की नस फट जाना), ब्रेन ट्यूमर सिर पर बाहरी चोट के कारण मस्तिष्क को किसी प्रकार की क्षति (नुकसान), चक्कर (घुमेरी), याददाश्त (Memory) का कम होना, भ्रम उत्पन्न होना इत्यादि भौतिक जगत की भौतिक शरीर में होने वाली भौतिक व्याधियाँ हैं। जो इसी जन्म में किए गए किसी कर्म के फल के रूप में प्राप्त होती हैं।

दूसरे प्रकार की मस्तिष्क की दैविक व्याधियाँ हैं जो सूक्ष्म जगत के अवयवों द्वारा सूक्ष्म शरीर को प्रभावित करती हैं। ये व्याधियाँ सामान्यतः आनुवांशिक (Hereditary) होती हैं और जन्म से ही होती हैं परन्तु कई बार बच्चे के बड़ा होने के बाद इनका पता चल पाता है। यह व्याधियाँ व्यक्ति के पिछले जन्मों के कर्मों के फल (भाग्य) के रूप में व्यक्ति को भोगनी होती हैं जिनका भौतिक जगत में कोई इलाज (चिकित्सा) नहीं है। कर्म-फल का भोग पूरा होने पर ये स्वतः ठीक हो जाती हैं अथवा व्यक्ति की मृत्यु हो जाती है। इन व्याधियों में मिरगी (Epilepsy),

अस्थमा (Asthma), सैरीब्रलपाल्सी (Cerebral Palsy), जन्म से गूँगा, बहरा होना (Speech and Hearing impairment), जन्म से अंधा होना (Visual impairment), मेन्टली रिटारडेड (Mentally Retarded) होना इत्यादि-इत्यादि आती हैं।

तीसरी प्रकार की व्याधियाँ जो 'दैहिक व्याधिया' हैं वे 'कारण जगत' के अवयवों द्वारा कारण शरीर के भागों (अवचेतन मन के भागों तथा अहं के भागों) के प्रभावित या विकृत होने के कारण होती हैं। 'कारण जगत' के अवयव दुःख, अवसाद, क्रोध, मोह, द्वेष, ईर्ष्या, कपट एवं प्रतिशोध की भावना इत्यादि के कारण जो कर्मफल के संस्कार अंश के रूप में (पिछले जन्मों के कर्मों के फल के संस्कार अंश के रूप में) इस जन्म में प्राप्त हमारे स्वाभाव (प्रकृति) के रूप में हमें प्राप्त होती हैं। जिनका परिणाम विभिन्न मानसिक व्याधियाँ जो कारण शरीर से (अवचेतन मन के भागों) सम्बन्धित होती है, प्राप्त होती हैं। इनकी चिकित्सा भी कारण जगत के अवयवों के ऊर्जा स्तर (Energy level) से उच्च ऊर्जा स्तर वाले भावना जगत के अवयवों द्वारा ही सम्भव हो पाती है।

पुराने ऋषियों ने ऐसी व्याधियों की चिकित्सा एवं रोकथाम के लिए ही देव-प्रतिमा वाले मंदिरों का निर्माण किया था जहाँ एक विशेष प्रकार की पूजा पद्धति बनाई जो वास्तव में 'दैहिक व्याधियों' के रोगियों के इलाज की ही पद्धति प्रतीत होती है।

इस पद्धति में निराश, हताश, अवसादग्रस्त अथवा चिन्ताग्रस्त रोगियों को तुरंत उपचार मिलता है और बड़े मानसिक रोगों के रोगियों को कुछ दिन अथवा कुछ माह का समय ठीक होने में लग सकता है।

यदि हम ध्यान से देखे तो यह पद्धति पूर्णतः वैज्ञानिक आधार पर बनाई गई है। जैसे पहले तेज आवाज से घंटा (झालर) बजाकर रोगी का ध्यान (मन) एकाग्र करना फिर घंटी बजाकर (पुजारी द्वारा) उनका ध्यान मंदिर के गर्भगृह के अंधकार में एक निश्चित तरीके से तेज रोशनी वाली आरती को देवता के सामने घुमाया जाता है। जो सम्मोहन की क्रिया है।

उस पूरे समय दूसरे हाथ से घंटी बजाकर समूह का ध्यान उधर देवता (या आरती) की ओर ही आकर्षित किए रखा जाता है,, साथ ही उच्च स्वर से आरती गायी जाती है जो देवता (या ईश्वर) से दुःख एवं चिन्ता के निवारण करने एवं सुख समृद्धि प्रदान करने की प्रार्थना होती है। उस सारी प्रक्रिया से कुछ समय के लिए दुःखी (मनोरोगी) मनुष्य अपने दुःख दर्द को भूलकर सम्मोहित हो जाता है।

अन्त में समूह का सम्मोहन तोड़ने (समाप्त करने) के लिए पानी के छींटें मारे जाते हैं तथा शंख ध्वनि द्वारा समूह को फिर से चैतन्य किया जाता है। यदि वैज्ञानिक रूप से सोचे तो यह मनोरोगियों की चिकित्सा (सामूहिक रूप में) करने की विधि ही मालूम होती है।

दक्षिण भारत के मठों अथवा मंदिरों में यही पद्धति व्यक्तिगत (हर व्यक्ति द्वारा अलग-अलग) पूजा-अर्चना के रूप में की जाती है जिस से व्यक्ति को अधिक मानसिक सन्तोष प्राप्त होता है। इसके लिए दर्शनार्थियों को पंक्ति में आना होता है और अपनी पारी आने पर देवता के सामने पहुँचकर अपनी पूजा सामग्री (नारियल माला इत्यादि) अलग से पुजारी द्वारा देवता को अर्पित करायी जाती है तथा नाम पूछकर (बोलकर अर्चना (आरती)) भी पूजारी द्वारा की जाती है तो व्यक्ति को अपनी मनोकामना पूरी होने अथवा किसी चिन्ता या हताशा से छुटकारा पाने का विश्वास मन में हो जाता है।

अध्याय - 4

आयुर्वेद एवं होम्योपैथिक तत्व

शीला ने पूछा-

''क्या वेदों में व्याधियों और उनकी चिकित्सा के बारे में कुछ नहीं लिखा है?''

श्रीमती सावित्री ने उत्तर दिया-

चारों वेदो ऋग्वेद, यजुर्वेद, सामवेद तथवा अथर्ववेद की रचना परमेश्वर द्वारा की हुई मानी जाती है (अर्थात बहुत पहले किसी कल्प में किन ऋषियों द्वारा वेदों की रचना हुई यह ज्ञात नहीं है।) उन वेदों का गहन अध्ययन कर और उनके अर्थ का विचार कर के प्रजापति ने आयुर्वेद का संकलन किया। इस प्रकार एक उपवेद का निर्माण कर के प्रजापति ने उसे सूर्य देव को सौंप दिया। उससे सूर्यदेव ने एक 'आयुर्वेद संहिता' बनाई। सूर्यदेव के सोलह शिष्यों ने उस संहिता को पढ़कर अपनी अपनी अलग सोलह संहितायें बनाई। उन सोलह विद्वानों के नाम हैं- धन्वन्तरि, दिवोदास, काशिराज, दोनों अश्वनी कुमार, नकुल, सहदेव, यम, च्यवन, जनक, बुध, जाबाल, जाजलि, पैल, करथ, और अगस्त्य।

इन विद्वान वैद्यों ने जो आयुर्वेद पर पुस्तकें लिखी उनके नाम इस प्रकार हैं-

धन्वन्तरि ने 'चिकित्सा-तत्त्व विज्ञान' नामक ग्रन्थ की रचना की। दिवोदास ने 'चिकित्सा-दर्पण' नामक ग्रन्थ रचा। काशिराज ने 'दिव्य चिकित्सा-कौमुदी' लिखी। दोनों अश्वनी कुमारों ने 'चिकित्सा-सारतन्त्र'

की रचना की। नकुल ने 'वैद्यक सर्वस्व' लिखी। सहदेव ने 'व्याधिसिन्धुविमर्दन' नामक ग्रन्थ की रचना की। यम ने 'ज्ञानार्णव' नामक ग्रन्थ लिखा। च्यवन ने 'जीवनदान' नामक ग्रन्थ बनाया। जनक ने 'वैद्य सन्देह भंजन' की रचना की। बुध ने 'सर्वसार' लिखी। जाबाल ने 'तन्त्रसार' नामक ग्रन्थ की रचना की। जाजलि मुनि ने 'वेदांग सार' लिखी। पैल ने 'निदान तन्त्र' रचा। करथ ने 'सर्वधर तन्त्र' तथा अगस्त्य ने 'द्वैध निर्णय' नामक ग्रन्थ का निर्माण किया। ये सोलह ग्रन्थ चिकित्सा शास्त्र के सार है।

शीला ने फिर पूछा-

"क्या आयुर्वेद में वर्णित व्याधियाँ कुछ भिन्न हैं?"

श्रीमती सावित्री ने उत्तर दिया-

"आयुर्वेद में मन्दाग्नि को ही अधिकतर व्याधियों का मूल कारण माना गया है। शरीर में मन्दाग्नि उत्पन्न होने के तीन कारण है-वात (वायु), पित्त और कफ़। इन तीनों के कारण होने वाले ज्वर के तीन भेद हैं-वातज ज्वर, पित्तज ज्वर तथा कफज ज्वर। एक चौथी प्रकार का भी ज्वर होता है जो त्रिदोषज ज्वर कहलाता है। आयुर्वेद में वर्णित अनेक अन्य व्याधियाँ (रोग) हैं जैसे पान्डु (पीलिया), कामल, कुष्ठ (कोढ), शोथ (सूजन), प्लीहा (तिल्ली), शूलक (दर्द), ज्वर (बुखार), अतिसार (दस्त), संग्रहणी खाँसी, व्रण (फोड़ा) हलीमक मूत्रकृच्छ, रक्त विकार या रक्त दोष से उत्पन्न होने वाला गुल्म, विषमेह, कुब्ज (कुबड़ा पन) गोद, गलगंड (घेघा), भ्रमरी (चक्कर आना), सान्निपात, विसूचिका (हैजा) और दारुणी आनि अनेकों रोग हैं, जिन के भेद और प्रैभेदों को मिलाकर चौंसठ रोग माने गये हैं। ये रोग उन मनुष्यों के पास नहीं आते जो इनके निराकरण का उपाय जानते हैं और संयम से रहते हैं। रोगों का मूल कारण पाप का आचरण है। इसलिए सन्त पुरुष कभी पाप का आचरण नहीं करते तथा हमेशा नियम, संयम से रहते हुए निरोग बने रहते हैं।"

शीला ने पूछा-"ग्रामीण क्षेत्रों में जहाँ पुराने समय में प्रशिक्षित चिकित्सक नहीं थे तो बीमारों का इलाज कैसे होता था?"

श्रीमती सावित्री ने उत्तर दिया-

"पुराने समय में जब ग्रामीण इलाकों में किसी प्रकार की एलोपैथिक, होम्योपैथिक, आयुर्वेदिक अथवा यूनानी कोई भी चिकित्सा सुलभ नहीं थी तो ग्रामीण वैद्य कुछ प्रचलित कहावतों द्वारा आदिकाल से चले आ रहे। चिकित्सकीय नुस्खों द्वारा ही औषधि तैयार कर के इलाज किया करते थे। कुछ प्रचलित नुस्खे इस प्रकार हैं-

1. त्वचा के रोगों दाद, खाज, खुजली, छाजन आदि के लिए

   "अमरबेल और कमलगटा

   गाम कौ ठाकुर (पमार), गाय की मठा।

   सदा सुहागिन (हल्दी) देय मिलाय

   दाद, खाज और छाजन जाय।"

2. दाँतों को स्वस्थ रखने के लिए-

   "त्रिफला, त्रिकुटा तूतिया, पाँचों नमक पतंग

   दन्त वज्रसम होत है, माजूफल के संग"

   इसमें त्रिफला हरड़, बहेड़ा और आँवले आ मिश्रण तथा त्रिकुटा, सोंठ, कालीमिर्च और पीपल का मिश्रण पाँचों नमक, पाँच प्रकार के नमक, सेंधव, सोंचर, साँभर इत्यादि कहे गये हैं।

3. बल वर्धक योग-

   "हरड़ बहेड़ा आँवला (अर्थात् त्रिफला चूर्ण) घी शक्कर में खाय,

   हाथी दाबै काँख में सातकोस लै जाय।"

4.   सामान्य (मौसमी बुखार) ज्वर के लिए-

"सोंठ, मिर्च, पीपल (अर्थात् त्रिकुटा चूर्ण) इन्हें खाय के जी पड़"

5.   पेट के रोगों (कब्ज बदहजमी इत्यादि के लिए)-

पंच सकार चूर्ण-सोंठ, सोंफ, सनाय, सोंचर और सेंधव।

6.   नपुंसकता निवारण योग-

"सोंठ, शतावर, गोरखमुंडी"

7.   खाज खुजली के लिए-

"आमा हल्दी, माली बावची और गंधक" को रातभर भिगोकर सुबह पीसकर उबटन की तरह लगावें इत्यादि"।

शीला ने पूछा-क्या आयुर्वेद में पेड़ पौधों से भी कुछ औषधियाँ बनाई जाती हैं?"

श्री मती सावित्री ने उत्तर दिया-

"हाँ! आयुर्वेद के अनुसार प्रकृति का कोई भी पेड़, पौधा, लता तथा झाड़ी इत्यादि चिकित्सा अथवा औषधि के रूप में व्यर्थ नहीं है। प्रत्येक पेड़, पौधे की जड़, तना, छाल, फूल, पत्ती तथा फल कुछ न कुछ किसी न किसी रोग की चिकित्सा में काम आते हैं।

इस विषय में एक पुरानी कहानी प्रचलित है कि प्राचीन समय में एक गुरुकुल में गुरुजी ने आयुर्वेद की शिक्षा पूरी करने के बाद, शिष्यों के ज्ञान की परीक्षा के लिए, उनसे गुरुकुल के चारों ओर एक किलोमीटर के दायरे में आने वाले वन में जितने भी बेकार (जो किसी रोग की चिकित्सा में काम न होते हों) पेड़, पौधे हैं, उन को उखाड़ कर लाने को कहा।

कुछ शिष्य एक दिन बाद ही पचासों पौधों का गट्ठर बाँध लाये। कुछ दो दिन बाद तीस, चालीस पौधे लेकर आ गए। कुछ तीन दिन बाद बीस-पच्चीस पौधे लाए। कुछ चार दिन बाद पन्द्रह-बीस पौधे लेकर आए। कुछ

पाँच दिन बाद दस, बारह पौधे लाए। कुछ छः दिन बाद पाँच सात पौधे लाये। परन्तु एक शिष्य सात दिन बाद आया और उसके हाथों में कोई पौधा न था। उसको खाली हाथ देखकर बाकी सब शिष्य हँसने लगे। तब गुरुजी ने उससे खाली हाथ आने का कारण पूछा तो, तो उसने बताया कि उसने पूरे क्षेत्र की बहुत बारीकी से विस्तार पूर्वक जाँच की है, लेकिन उसे एक भी पेड़, पौधा, झाड़ी या लता इत्यादि ऐसा नहीं मिला जिसका कोई भाग अर्थात् जड़, तना, छाल, पत्तियाँ, फूल या फल किसी न किसी रोग की औषधि में काम न आता हो। अतः वह कुछ भी (बेकार पेड़, पौधा) नहीं ला पाया। गुरुजी ने उसे शाबासी देकर कहा कि उसने ही आयुर्वेद का सही और पूरा अध्ययन किया है। इस कहानी का तात्पर्य है कि प्रकृति का प्रत्येक पेड़, पौधा इत्यादि हमारे लिए औषधि है।

शीला ने पूछा-

"क्या होम्योपैथी में भी पेड़ पौधों से दवायें बनायी जाती हैं? और होम्योपैथी में मनोरोगों की भी कुछ दवायें हैं क्या?

श्री मती सावित्री ने उत्तर दिया-

"होम्योपैथिक चिकित्सा पद्धति में भी अनेकों दवायें जैसे बैलेडोना, ऐब्रोटेनम, केनाविस, इन्डिका, ऐकोनाइटम, केप्सीकम, हाइड्रास्टिस, थूजा, मैलीलोटस, केक्टस, पल से टिला, ऐक्टिया स्पाईकाटा टेलिया ट्रिफोलियाटा, कौक्यूलस तथा स्किवला एवं अन्य अनेकों होम्योपैथिक औषधियाँ पेड़ पौधों से ही तैयार की जाती हैं।

होम्योपैथिक पद्धति में रोजाना नई शोध हो रही हैं। हाल ही में डॉ. एडवर्ड बैच ने अड़तीस जंगली पौधों के फूलों से विभिन्न मनोरोगों की होम्योपैथिक दवायें तैयार की हैं, जो 'बैचफ्लावर दवाइयाँ' के नाम से विख्यात हैं। ये दवायें मनुष्यों के भावनात्मक, मानसिक तथा आध्यात्मिक असंतुलन के कारण उत्पन्न विभिन्न व्याधियों को ठीक करती हैं।

मूल रूप से भावना जगत के मन तथा मस्तिष्क को प्रभावित करने वाले विभिन्न अवयवों जैसे घृणा, ईर्ष्या, जलन, असुरक्षा की

भावना, निराशा, डर, हताशा, निरूत्साह, अवसाद, दिवा स्वप्न देखना, क्रोध, आत्मविश्वास की कमी तथा असहिष्णुता इत्यादि की चिकित्सा के लिए बनाई गई है। ये दवायें उन फूलों के नामों से ही जानी जाती हैं। जैसे-

डॉ. बैच के अनुसार-

ऐसे रोगी जिनमें एकाग्रता की कमी होती है। जागते हुए भी दिवास्वप्न देखते रहते हैं और सपनों की दुनिया में ही खोये रहते हैं वे इसी कारण दुर्घटना-उन्मुख (Accident prone) हो जाते हैं। उन रोगियों के लिए 'क्लेमेटिस' फूल से बनी दवा उपयुक्त है।

ऐसी रोगी जो दूसरों की गलतियों से तो कुछ सीख लेते ही नहीं हैं, परंतु बार-बार ठोकर खाकर भी कुछ सीखने की कोशिश नहीं करते और बार-बार अपनी पुरानी गलतियों को ही दोहरा कर नुकसान उठाते रहते हैं। उन रोगियों के लिए 'चेस्ट नट बड' कली (फूल की कली) से बनी दवा उपयुक्त है।

ऐसे रोगी जो अपनी बुरी आदत, चिन्ता, दुःख अथवा अनिद्रा आदि को दूसरों से छिपाने के लिए हँसमुख व विनोदी चेहरा बनाये रहते हैं। ऐसे रोगी आमतौर पर शान्तिप्रिय होते हैं और तर्कों एवं झगड़ों से जल्दी परेशान हो जाते हैं। और उन से बचने के लिए भारी कीमत चुकाते हैं। ऐसे रोगियों के लिए 'एग्रीमनी' फूल से बनी दवा कारगर होती है।

ऐसे रोगी जो अच्छे और समाज के लिए महत्वपूर्ण कार्य अपनी अन्तरात्मा की आवाज सुनकर कर रहे होते हैं। परन्तु असामाजिक तत्वों अथवा स्वार्थियों के विरोध के कारण विघ्न डालने पर वे भाव विहव्ल होकर अवसाद ग्रस्त हो जाते हैं और उस कार्य को पूरा करने में असमर्थ हो जाते हैं। ऐसे रोगियों के लिए 'एल्म' नामक फूल से बनी दवा सही काम करती है।

ऐसे रोगी जो शांत सौम्य और दयालु प्रकृति के होते हैं हमेशा डरे, सहमे, शर्मीले होते हैं। जो इच्छा शक्ति की कमी के कारण, किसी भी

काम के लिए 'ना' नहीं कह सकते। अच्छे स्वभाव के कारण जो अपनी जिम्मेदारी से बढ़ कर अपने स्वयं के कार्यों की उपेक्षा कर के दूसरे के कार्य करते हैं। ऐसे स्वभाव वाले मनोरोगियों के लिए 'सेन्टारी' नामक फूल से बनी दवा लाभदायक होती है।

ऐसे रोगी जो हमेशा, दूसरों की कमियाँ ढूँढ कर उनकी आलोचना करते रहते हैं और इस प्रकार खुद को दूसरों से अच्छा सिद्ध करना चाहते हैं। ऐसे रोगियों में करुणा तथा दया की बहुत कमी होती है और बहुत ही असहिष्णुता स्वभाव होता है। दूसरों के द्वारा उनकी कमी या गलती बताने पर क्रोधित होकर लड़ने को तैयार हो जाते हैं। ऐसे मनोरोगियों के लिए 'बीच' नामक फूल से बनी दवाई उपयुक्त है।

ऐसे रोगी जो आत्मकेन्द्रित होते हैं। दूसरों के हर काम में नुक्स निकालना जिनकी आदत होती है। दूसरों की सहायता इसलिए करते हैं कि दूसरे उनका एहसान मान कर उनका आदर करें। खुद दूसरों को छोटा समझकर उनसे छेड़खानी करते रहते हैं। परंतु दूसरा कोई उनसे छेड़खानी करें तो बुरा मान जाते हैं। ऐसे लोग दूसरों पर अपना अधिकार जमाना चाहते हैं। ऐसे मनोरोगियों के लिए 'चीकोरी' नामक फूल से बनी औषधि लाभप्रद है।

ऐसे मनोरोगी जो घोर निराशावादी व्यक्तित्व वाले होते हैं, और बहुत जल्दी उम्मीद छोड़ बैठते हैं। और दूसरे लोगों के कहने से ही किसी कार्य को निराशापूर्वक करते रहते हैं और उस काम के पूरे होने की उन्हें बिल्कुल उम्मीद नहीं होती। ऐसे रोगियों के लिए 'गोर्स' नाम की फूल से बनी औषधि उपयुक्त है।

तथा ऐसे मनोरोगी जिन्हें जलन, ईर्ष्या, संदेह, एवं बदला लेने के विचार घेरे रहते हैं और बिना किसी वास्तविक कारण के बहुत दुःखी रहते हैं और सन्देह के कारण दूसरों पर आक्रामक हो जाते हैं। ऐसे रोगियों के लिए 'होली' नामक फूल से बनी दवा लाभ करती है।

डाक्टर बैच ने बतलाया है कि-

ऐसे मनोरोगी जो बिना किसी उचित कारण के ही अवसाद, निराशा, विषाद में डूबे रहते हैं और अपनी सामान्य खुशियों को भी खत्म कर रहे होते हैं के लिए 'मस्टर्ड' फूल से बनी दवा उपयुक्त है।

आत्मविश्वास की कमी वाले मनोरोगी जो अवसाद ग्रस्त, निरुत्साही तथा हीन भावना से ग्रस्त रहते हैं और विफल होने के डर से कोई भी नया काम करने से कतराते हैं ऐसे रोगियों के लिए 'लॉर्च' नामक फूल से बनी दवा अच्छा काम करती है।

ऐसे मनोरोगी जो अपने बच्चों और स्वजनों के लिए बहुत अधिक चिंतित रहते हैं, उनके स्कूल या ऑफिस से आने में जरा सी देर होने पर ही बहुत ज्यादा चिंतित हो जाते हैं। उन्हें हर समय किसी अनहोनी का डर सताता रहता है और इस कारण वे खुशी के अवसरों जैसे शादी, पार्टी या उत्सव इत्यादि का भी कोई आनन्द नहीं ले पाते। ऐसे रोगियों के लिए 'रेड चेस्टनट' नामक फूल से बनी दवा उचित है।

ऐसे रोगी जो ऊर्जा की कमी के कारण मानसिक तथा शारीरिक थकान से ग्रस्त रहते हैं तथा अपने को हर समय अस्वस्थ महसूस करते हैं। ऐसे मनोरोगियों के लिए 'ओलिव' नामक फूल से बनी औषधि उपयुक्त रहती है।

ऐसे मनोरोगी जो दूसरों के लिए मिसाल कायम करने के लिए अपने आप को सख्त अनुशासन में ढाल लेते हैं और इसके लिए स्वयं तथा अपने परिजनों, बच्चों एवं अधीनस्थ कर्मचारियों की इच्छाओं का दमन एवं उनके विचारों का बलपूर्वक खंडन करते हैं। इस सब के लिए वे स्वयं भी बहुत अधिक मेहनत एवं त्याग करते हैं, और दूसरों तथा स्वयं पर भी बहुत अधिक सख्ती करते हैं। ऐसे रोगियों के लिए 'रॉक वाटर' नामक फूल से बनी औषधि अच्छा काम करती है।

ऐसे रोगी जो किसी बड़ी दुर्घटना जैसे किसी प्रियजन की मृत्यु अथवा व्यापार में बहुत बड़ी हानि, अग्नि अथवा वाहन दुर्घटना इत्यादि के कारण बहुत ज्यादा मानसिक वेदना से निराश होकर सभी उम्मीदें खो बैठते हैं

और अपने आपको बर्बाद महसूस करते हैं। ऐसे रोगियों के लिए 'स्वीट चेस्टनट' नामक फूल से बनी दवा बहुत लाभ करती है।

ऐसे रोगी जो बदहाली तथा दुर्भाग्य के कारण अपनी योग्यता के अनुसार तरक्की न कर पाने के कारण अप्रसन्न रहते हैं तथा व्यवस्था (System) पर खीझते रहते हैं और हीन भावना से ग्रस्त हो जाने से, अन्याय के प्रति उनके मन में कड़वा हट रहती है, ऐसे रोगियों के लिए 'विलो' नामक फूल से बनी औषधि उपयुक्त है।

जब किसी रोगी के दिमाग में अनचाहे ख्याल बार बार आयें जिनके कारण उसकी नींद गायब हो जाए। ऐसे अप्रिय ख्यालों से मन की शांति भंग हो जाती है तथा रोगी कोई काम ठीक से नहीं कर पाता। ऐसे रोगी के लिए 'व्हाइट चेस्टनट' नामक फूल से बनी दवा लाभ करती है।

ऐसी परिस्थितियाँ तथा परिवर्तन (शारीरिक या मानसिक) जैसे रजोनिवृति अथवा यौवनारंभ इत्यादि के कारण उनसे प्रभावित होकर रोगी अपने आदर्श कार्य और लक्ष्य से भटक जाते हैं। ऐसी मर्मस्पर्शी परिस्थितियों से बचने के लिए 'वॉलनट' नामक फूल से बनी औषधि लाभकारी है।

ऐसे मनोरोगी जिन के मन में किसी सदमें के आघात के कारण या किसी बुरी खबर को सुनकर या बीमारी या दुर्घटना में किसी करीबी स्वजन को खो देने के कारण एक डर बैठ गया हो, उससे निजात पाने के लिए 'स्टार ऑफ बैथलम' नामक फूल से बनी दवा आराम लाती है।

ऐसे मनोरोगी जो हमेशा आनिश्चितता की स्थिति में रहते हैं ओर कोई निर्णय लेने में अक्षम रहते हैं तथा वे यह बात दूसरों पर भी उजागर नहीं करना चाहते हैं। ऐसे रोगियों के लिए 'स्कलेरेन्थस' नाम के फूल से बनी औषधि बहुत लाभ करती है।

ऐसे रोगी जिनमें अचानक आयी हुई किसी संकटपूर्ण स्थिति के कारण बहुत डर तथा दहशत बैठ गई हो जिसके कारण वे स्तम्भित रह गए हों। तो ऐसे रोगियों के लिए 'रॉक रोज़' नामक फूल से बनी दवा तुरंत असर करती है।

ऐसे रोगी जिनमें साहस की कमी होती है वे शर्मीले स्वभाव के होते हैं और उन्हें अकेले रहने से, अँधेरे से, मकड़ी या छिपकली, कॉक्रोच या चूहे इत्यादि से डर लगता है परन्तु वे इस बात को दूसरों से छिपाते हैं और इस बारे में किसी से बात नहीं करते। ऐसे मनोरोगियों के लिए 'मिमूलस' नामक फूल से बनी दवा लाभ करती है।

ऐसे मनोरोगी जो बहुत अधिक मेहनती होने के कारण थका हारा महसूस करते हैं तथा अपने रोजमर्रा के काम को भी टालने की कोशिश करते हैं। काम पर जाने से ऊब महसूस करते हैं पर समय पर काम पूरा कर भी लेते हैं। ऐसे रोगियों के लिए 'होर्नबीम' नाम की फूल से बनी दवा उपयुक्तत रहती है।

ऐसे रोगी जो बहुत बातूनी होते हैं और यार दोस्तों, पार्टी तथा सभा-सोसायटी में केन्द्र बिन्दु बने रहना चाहते हैं। ऐसे लोग अकेले रहना पसन्द नहीं करते और किसी से भी मिलने पर उससे अपनी समस्याओं की चर्चा करने लगते हैं। ऐसे रोगियों के लिए 'हीदर' नाम की फूल से बनी दवा उपयुक्त है।

तथा ऐसे मनोरोगी जिनका क्रोधी स्वभाव है और उन्हें ये डर रहता है कि

क्रोध के आवेश में वे कोई गलत काम न कर बैठें जो वे नहीं करना चाहते। उन्हें क्रोध के कारण अपने ऊपर से नियंत्रण खोने का डर रहता है। ऐसे मनोरोगियों को 'चेरी प्लम' नाम की फूल से बनी दवा लाभ करती है।

डॉ. बैच की राय के अनुसार-

ऐसे मनोरोगी जिनको ऐसा अस्पष्ट तथा अज्ञात भय सताता रहता है जिसका कोई स्पष्ट कारण उन्हें पता नहीं होता। उसे ऐसा लगता है कि कोई भयानक बात होने वाली है जिसका उसे नहीं पता। ऐसा रोगी अपनी परेशानी दूसरों को बताने से भी डरता है और स्वयं परेशान रहता है। ऐसे रोगी के लिए 'ऐस्पेन' नामक फूल से बनी दवा लाभदायक है।

ऐसे मनोरोगी जो बिना कारण अपराध बोध से ग्रस्त हों और खुद पर दोष लगाते हों जबकि उनके काम में कोई कमी न हो फिर भी वे खुद की भर्त्सना कर कर के शर्मसार व क्षमाप्रार्थी बनते हैं जब कि वास्तव में वे दोषी नहीं होते ऐसे रोगियों के लिए 'पाईन' नाम की फूल से बनी दवा बहुत फायदा करती है।

ऐसे मनोरोगी जिनकी इच्छाशक्ति बहुत प्रबल होती है। वे बहुत साहसी, अति उत्साही तथा बहुत अधिक सक्रिय किस्म के होते हैं। किसी काम को करने की ठान लें तो उसे पूरा कर के ही दम लेते हैं। और वे चाहते है कि और लोग भी जो उनके साथी संगी हैं, वे भी उनके अनुसार बदल जाए और उतने ही उत्साह और सक्रियता से उनका साथ दें। ऐसे रोगियों के लिए 'वरवेन' नाम की फूल से बनी दवा उपयुक्त काम करती है।

ऐसे मनोरोगी जो बहुत अधिक महत्वाकांक्षी तो हैं पर यह निर्णय नहीं कर पाते कि उनकी महत्वाकांक्षा पूरी करने के लिए उन्हें क्या कार्य करना चाहिए। अतः वह जो भी कार्य करते हैं उससे उनकी महत्वाकांक्षा के पूर्ण न होने के कारण उनके कार्यों में देरी तथा मन में असंतोष रहता है। ऐसे रोगियों के लिए 'वाइल्ड ओट' नाम की फूल से बनी दवा मददगार होती है।

ऐसे रोगी जो कभी अच्छी परिस्थितियों में रहे थे और अब उनकी परिस्थितियाँ उतनी अच्छी नहीं हैं ऐसे रोगी या तो नौकरी किसी घर से दूर के शहर में होने के कारण घर और यार दोस्तों की याद में हमेशा बेचैन रहते हैं। या ऐसे रोगी जिनके व्यापार में घाटा होने पर निम्न स्तर के रहन सहन में रहने को मजबूर हैं वे अपने पुराने अच्छे दिनों को भूल नहीं पाते तथा मन ही मन दुःखी रहते हैं ऐसे मनोरोगियों के लिए 'हनीसकल' नाम की फूल की बनी औषधि लाभ करती है।

ऐसे मनोरोगी जो किसी भी समस्या का सामना नहीं कर पाते तथा निरुत्साहित होकर हथियार डाल देते हैं किसी भी काम में प्रगति करते करते किसी कारण जरा सी रुकावट से ही वे परेशान होकर हार मान लेते

हैं। ऐसे रोगियों के लिए 'जेन्शियान' नामक फूल से बनी दवा कारगर होती है।

ऐसे मनोरोगी जिन्हें अपने निर्णय के प्रति विश्वास नहीं होता और दूसरों से उस निर्णय के प्रति सलाह माँगते हैं तथा अधिकतर बार वे दूसरों के द्वारा गुमराह किए जाकर अपने सही निर्णय को बदल देते हैं और नुकसान उठाते हैं। ऐसे रोगियों के लिए 'सिराटो' नाम के फूल से बनी दवा लाभ करती है।

ऐसे रोगी जो ठीक न होने वाले घाव या दाद, एक्जीमा, मस्से, मोटापा या शरीर के किसी अंग में असहनीय दर्द के कारण इस कदर परेशान रहते हैं कि वे उस अंग को शरीर से अलग कर देना चाहता हैं। और कुछ रोगी इतने ज्यादा सफाई के प्रति उन्मुख होते हैं कि बार बार हाथों को तथा दूसरों द्वारा छुई गई चीजों को धोते और साफ करते रहते हैं। ऐसे मनोरोगियों के लिए 'क्रेब एप्पल' नाम के फूल से बनी दवा अच्छा काम करती है।

ऐसे रोगी जो हर काम जल्दबाजी और हड़बड़ाहट में करते हैं और अक्सर दुर्घटना के शिकार होते हैं जैसे ठोकर खाकर गिर जाना अथवा किसी से टकरा जाना इत्यादि के कारण वे बहुत क्रोधित तथा व्याकुल हो जाते हैं कि उन्हीं के साथ ऐसा क्यों होता है। ऐसे लोग सामान्य गति से काम करने वालों से भी ये अपेक्षा करते हैं कि वे भी उन्हीं की तरह हर काम जल्दी-जल्दी करें। ऐसे रोगियों के लिए 'इम्पेशन्स' नाम की फूल से बनी दवा लाभप्रद है।

ऐसे रोगी जो अत्याधिक साहस के साथ लगातार काम में लगे रहते हैं और ऐसा करते समय अपनी बीमारी का भी ध्यान नहीं रखते वे सफल व्यक्ति कहलाते हैं। तथा समाज की भलाई के लिए बिना अपने लाभ, हानि की परवाह किए एक के बाद दूसरा काम हाथ में लेते रहते हैं और पूरी ताकत लगा कर उसे पूरा भी करते रहते हैं। ऐसे मनोरोगियों के लिए 'ओक' नाम के फूल से बनी दवा फायदा करती है।

ऐसे रोगी जो बहुत प्रतिभाशाली, दबंग, सक्षम तथा दूसरों पर हावी होने वाले होते हैं। परन्तु अचानक संकट पूर्ण स्थिति आने पर वे बहुत कारगर भी होते हैं। ऐसे रोगी दूसरों की बीमारी में भी उनका सही मार्ग दर्शन कर उन्हें जल्दी स्वस्थ कर देते हैं। वे हमेशा अपनी सफलता के प्रति आश्वस्त रहते हैं। ऐसे मनोरोगियों के लिए 'वाइन' नामक फूल से बनी दवा अच्छी है।

ऐसे रोगी जो जीवन के सुखों के प्रति उदासीन होते हैं और अप्रिय परिस्थितियों से बचने के लिए अच्छी नौकरी तक से त्यागपत्रा देकर असुखद शान्तिपूर्ण जीवन व्यतीत करने में ही संतोष प्राप्त करते हैं। ऐसे मनोरोगियों के लिए 'वाइल्ड रोज़' नाम के फूल से बनी दवा लाभ कारी होती है।

ऐसे मनोरोगी जो बहुत घमंडी, समाज के विरोधी होने के कारण समाज से कटे हुए होते हैं तथा अकेला तथा अवहेलना से भरा जीवन व्यतीत करने में ही अपनी शान समझते हैं। बीमारी में भी वे दूसरों का साथ नहीं चाहते। ऐसे रोगी ज्यादातर चालाक तथा प्रतिभाशाली होते हैं। ऐसे रोगियों के लिए 'वाटर वाइलेट' नामक फूल से बनी दवा अच्छी है।

इस प्रकार हम देखते हैं कि होम्योपैथी में भी मनोरोगियों के लिए अनेकों दवायें उपलब्ध हैं। जिसमें डॉ. बैच का बहुत बड़ा योगदान है।

अध्याय - 5

समय (काल) का रहस्य

जैसा पंडित जी ने कहा था यज्ञ होने के लगभग छः महीने बाद मृगराज और सुवर्चला का विवाह हो गया। और उनके विवाह के छह महीने बाद सतपाल का विवाह भी वनिता सिंह नाम की उस की सहकर्मी से हो गया जो हरियाणा की ही निवासी थी। विवाह के लगभग दो वर्ष बाद सुवर्चला ने एक पुत्र को जन्म दिया जिसका नाम पंडित जी ने 'कमल किशोर' रखा उसके दो वर्ष बाद फिर सुवर्चला ने एक कन्या को जन्म दिया जिसका नाम 'प्रज्ञा' रखा गया।

उधर दिल्ली में सतपाल की पत्नी वनिता ने भी शादी के एक वर्ष बाद एक कन्या को जन्म दिया जिसका नाम 'निकुंजलता' रखा गया। और उसके दो वर्ष बाद वनिता ने एक पुत्र को जन्म दिया जिसका नाम 'देवीलाल' रखा गया।

पंडित जी ने डॉ. हरीहर सिंह तथा डॉ. निर्मला सिंह को पुत्र, पुत्रवधु तथा बेटी दामाद को साथ लेकर माता वैष्णो देवी के दर्शन करने जाने की सलाह दी। वे सब वहाँ जाने का प्रोग्राम बना ही रहे थे कि अचानक देश में महामारी का प्रकोप हो गया जिससे मुम्बई तथा दिल्ली सबसे अधिक प्रभावित हुए और उसकी चपेट में आ कर मुम्बई में डॉक्टर हरीहर सिंह तथा डाक्टर निर्मला सिंह, हरिद्वार में पंडित मक्खन लाल शास्त्री तथा ऋषिकेश में पंडित मुरलीधरन का निधन हो गया। और महामारी के कारण लॉकडाउन होने तथा यातायात बन्द हो जाने के कारण, माता वैष्णो देवी के दर्शन का कार्यक्रम स्थगित हो गया।

लगभग तीन वर्ष में महामारी बिल्कुल पूरी तरह समाप्त हो पायी। तब सतपाल ने मृगराज को फोन किया कि वह और सुवर्चला छुट्टी लेकर बच्चों सहित दिल्ली आ जावें तो दोनों भाई-बहनों के परिवार मिलकर माता वैष्णो देवी के दर्शनों को जा सके।

मृगराज और सुवर्चला दोनों ने दो-दो हफ्ते की छुट्टी ली और दिल्ली अपने आने की सूचना दी तो सतपाल और वनिता ने भी दो दो सप्ताह का अवकाश लिया और सभी लोग सब से पहले माता वैष्णों देवी के दर्शनों के लिए गए।

तीन दिन में वे सब वापिस दिल्ली आ गए। क्योंकि कटरा तक रेलगाड़ी से और कटरा से मंदिर तक हेलिकॉप्टर से उन्होंने यात्रा की थी अतः किसी को कोई विशेष थकान नहीं हुई। और माता के दर्शन कर सभी प्रसन्न थे। अब एक दिन सतपाल और सुवर्चला के गाँव, एक दिन मृगराज के गांव तथा एक दिन वनिता के गाँव जाने का कार्यक्रम रखा गया। एक कार जो सतपाल की बोलेरो थी, में सभी लोग आराम से बैठ कर और जरूरी कपड़े तथा अन्य सामान लेकर तीनों गाँवों की यात्रा पर निकल पडे। बच्चे क्योंकि दिल्ली तथा मुम्बई में रहे थे इसलिए उन्हें गाँवों में बहुत आनन्द आ रहा था और वे बहुत प्रसन्न थे। इससे पहले उन्होंने गायें, भैंसे, खेत, खलिहान तथा प्रकृति का खुला वातावरण कभी नहीं देखा था।

गाँवों से लौटकर उन सब ने पंडित मक्खनलाल जी एवं पंडित मुरलीधरन के परिवारों से मिलने हरिद्वार तथा ऋषिकेश जाने और गंगास्नान करने का प्रोग्राम बनाया। हरिद्वार में गंगा स्नान करने के बाद वे ऋषिकेश पहुँचे। पंडित भास्करन तथा श्रीमती सावित्री ने उन सबका स्वागत किया और उन्हें शीला से परिचित कराया। जलपान के बाद स्त्रियाँ और बच्चे दूसरे कमरे में श्रीमती सावित्री के पास चले गए। तो सतपाल ने पंडित जी से अपनी कुछ जिज्ञासाओं के समाधान की प्रार्थना की।

पंडित जी के अनुमति देने पर सतपाल ने पूछा-"मनुष्य को हो सकने वाली बीमारियाँ या व्याधियाँ कितने प्रकार की होती हैं?"

श्री भास्करन ने कहा-

पुराने ऋषियों ने व्याधियों (बीमारियों) को तीन श्रेणियों में बाँटा है। देहिक, देविक तथा भौतिक। देहिक व्याधियाँ वे हैं जो 'देही' अर्थात् जीवात्मा से सम्बन्धित है। ऋषियों ने जीव या 'जीवात्मा' अर्थात् ईश्वर कण-तरंग, आत्मा कण तरंग तथा मन के ज्ञान भाग का संयुक्त रूप को ही देह का स्वामी या देह में रहने वाला 'देही' कहा है जैसा कि ऋषिवेद व्यास ने गीता के दूसरे अध्याय के श्लोक संख्या-13, 22 तथा 30 में कहा है।

'देही' या जीवात्मा जिन तीन प्रकार के कण-तरंगों से मिलकर बना हैं वे 'कारण-जगत' के भाग है। इसलिए इन से संबंधित व्याधियाँ भी कारण जगत से ही सम्बंधित होगी और उनके उपचार के लिए भी कारण जगत अथवा उनसे भी अधिक ऊर्जा स्तर वाले कण तरंगों से बने अवयवों की आवश्यकता होती है।

इन व्याधियों के मूल कारण ईर्ष्या, द्वेष, अवसाद, चिन्ता, विरह, असंतोष, बदले की भावना, मोह, ममता, क्रोध तथा मत्सर इत्यादि होते हैं जो सब मनो जगत के अवयव हैं। अतः इनका उपचार भी मनो जगत अथवा उनसे अधिक ऊर्जा स्तर वाले भाव जगत, तथा श्रद्धा जगत आदि के अवयव जैसे प्रार्थना, त्याग समर्पण तथा प्रेम इत्यादि के द्वारा ही हो पाता है। इन व्याधियों के रोगी मनोचिकित्सकों द्वारा ही ठीक किए जा सकते हैं।

उन व्याधियों की चिकित्सा तथा निराकरण भी-केवल भावना जगत तथा श्रद्धा जगत के उच्च ऊर्जा स्तर के कण तरंगों द्वारा निर्मित, ईश्वर भक्ति, ईश-प्रार्थना, पश्चाताप, क्षमा-याचना तथा ईश्वर के शरणागति द्वारा ही हो पाता है जैसा कि ऋषियों ने श्रीमद्भागवत के प्रथम स्कन्ध के पाँचवें अध्याय में बत्तीसवें श्लोक में कहा है-

एतत्संसूचित ब्रह्मंस्तापत्रय चिकित्सितम्।

यदीश्वरे भगवतकर्म ब्राह्मणी भावितम्।। 32।।

जिसका अर्थ दिया है-

ईश्वर या ब्रह्म के प्रति समस्त कर्मों को समर्पित कर देना ही संसार के तीनों तापों (व्याधियों) की एक मात्र औषधि है। यह बात मैंने आपको बतला दी है।

वास्तव में देखा जाये तो विभिन्न देवताओं के मंदिर वास्तव में अवसाद वाले मनोरोगियों के चिकित्सालय का कार्य करते हैं। सब ओर से निराशा, हताश, एवं असहाय हुआ मनुष्य जब दुःखी होकर मंदिर में भगवान के सामने सहायता की याचना करता है तो उस के मन में ईश्वर द्वारा सहायता प्राप्ति की आशा जाग्रत हो जाती है और उसमें नया उत्साह एवं साहस पैदा हो जाता है कि ईश्वर मेरी सहायता कर रहा है। इस प्रकार नए जोश से जब वह कार्य करता है तो सफल हो जाता है।

दूसरी प्रकार की व्याधियाँ दैविक कही जाती है जो देवों तथा दैत्यों जिन्हें आधुनिक वैज्ञानिक भाषा में बैक्टीरिया एवं वायरस इत्यादि कहा जाता है के कारण होती हैं जो सब सूक्ष्म जगत के अवयव है।

बहुत सारे देवता क्योंकि भौतिक शरीर के विभिन्न अवयवों के संचालन एवं विकास के उत्तरदायी होते हैं जिनके मार्गदर्शन में उचित समय पर विभिन्न हारमोन्स का उत्पादन, पाचक रसों का उत्सर्जन एवं अन्य आवश्यक ग्रंथियों के उचित संचालन उत्पादन एवं नियंत्रण एवं कार्य होता है, उन देवताओं में से किसी कारण किसी में भी विकृति एवं विक्षेप होने के कारण जो व्याधियाँ (रोग) उत्पन्न या दृष्टिगोचर होते हैं उन्हें दैविक कहा जाता है। इन व्याधियों का उपचार भी सूक्ष्म जगत के देवताओं अथवा उससे भी अधिक ऊर्जा स्तर वाले कारण जगत मनोजगत या भाव जगत इत्यादि के अवयवों द्वारा ही सम्भव होता है ये व्याधियाँ क्योंकि मनुष्य के भौतिक शरीर को ही प्रभावित करती हैं परन्तु इन व्याधियों के मूल में सूक्ष्म जगत के देवताओं में आयी विकृति अथवा निर्बलता ही होती है।

तीसरे प्रकार की व्याधियाँ भौतिक व्याधियाँ कहलाती हैं जो भौतिक जगत के उपकरणों जैसे शीत, ताप, अधिक परिश्रम से थकान, दुर्घटना पानी में डूबना अथवा किसी विषैले जीव द्वारा काटना इत्यादि के कारण होती हैं। इनका उपचार भी भौतिक उपकरणों द्वारा ही होता है। परन्तु यदि कोई उपचार न भी किया जाय तो भी प्रकृति द्वारा इनका उपचार किया जाता है और बिना किसी औषधि के भी कुछ समय में ये व्याधियाँ समाप्त हो जाती हैं और भौतिक शरीर स्वस्थ हो जाता है।

फिर सतपाल ने पूछा-समय क्या है?

पंडित भास्करन ने उत्तर दिया-

''समय या काल'' को ईश्वर का पर्याय कहा गया है क्योंकि 'काल' या समय का न कोई आदि (प्रारम्भ है) न अन्त। इसे भली प्रकार समझने के लिए हम इसे दो प्रकार का मान सकते हैं। पहला वास्तविक समय (Real time) और दूसरा आभासी समय (Virtual time) वास्तविक समय स्थिर, अनादि और अनन्त है। यह अनन्त आकाश और अन्तरिक्ष में सब जगह समान रूप से व्याप्त है।

इस अनन्त आकाश और असीम आन्तरिक्ष में असंख्य (करोड़-करोड़ों) ब्रह्मांड स्थित है जो सम्यक एवं संतुलित गति से अनवरत (लगातार) चलायमान हैं। इस अनन्त आकाश में केवल दो ही ऐसे हैं जो चलायमान नहीं हैं अर्थात् किसी प्रकार की गति नहीं कर रहे हैं। पहला है समय या 'काल' और दूसरे 'परमेश्वर'। दोनों ही अदृश्य हैं परन्तु इनकी उपस्थिति हर स्थान पर महसूस की जाती है। इन्हीं दोनों के कारण समस्त ब्रह्मांडो के प्रत्येक पिंड, ग्रह, नक्षत्र, प्रकृति एवं प्राणी मात्र सभी में चेतना व्याप्त है। क्योंकि वास्तविक समय स्थिर है और पृथ्वी सहित हम सब लगातार गति कर रहे हैं। इसलिए हम अपने आप को स्थिर मान कर समय को चलता हुआ महसूस करते हैं यही आभासी समय है जिसमें समय के चलने का आभास होता है परन्तु वास्तव में चल हम रहे होते हैं। इसी आभासी समय को सैकंड, मिनट, घंटा आदि इकाइयों (Units) में दो घटनाओं (Events) के बीच

के अन्तराल के रूप में में नापा जाता है। प्राचीन ऋषियों ने समय को काल कहा है।

प्राचीन धर्मग्रन्थों के अनुसार 'काल' शब्द का अर्थ है-वह, जो सबका कलन अर्थात् विनाश करता है, उसे ही 'काल' कहते हैं। जिसके द्वारा पदार्थ या द्रव्य का क्षय घटित होता है, उसे ही हम काल कहते हैं। काल सृष्टि के प्रारम्भ से अचल, नित्य, अविनाशी तथा स्थिर है। काल गति नहीं करता, अपितु सूर्य एवं पृथ्वी इत्यादि की गति को हम वर्षों महिनों, दिनों, घंटों इत्यादि को विभिन्न उपकरणों द्वारा मापते हैं, जिनको कालखंड कह दिया गया है।

सांख्य के मत के अनुसार, काल की उत्पत्ति आकाश तत्त्व से होती है। तथा नैयायिकों के मत के अनुसार काल नित्य (हमेशा रहने वाला) पदार्थ, है। जैसा कि महाभाष्य में लिखा है-

"येन मूर्तीनामुप चयाश्चाप चयाइच लक्ष्यन्ते तं कालमाहुः।"

यदि हम ऊर्जा की दृष्टि से काल तत्त्व को देखें, तो मालूम होता है कि जिसे हम 'काल' या 'समय' कहते हैं वह अनन्त ऊर्जा के ही एक विशेष (अलग) रूप में उपस्थित है। विषद रूप से हम देखें तो पाते हैं कि ब्रह्माण्ड के सभी पदार्थ काल रूपी ऊर्जा के ही परिवर्तित रूप हैं। और जीवन की अवधि समाप्त होने पर काल रूपी ऊर्जा में ही (विघटित होकर) परिवर्तित हो जाते हैं। इसीलिए कहा गया है-

"कालः पचति भूतानि, कालः संहरति प्रजाः।"

यह सारा ब्रह्मांड काल के ही करालगाल में समाया हुआ है। काल की शक्ति की अवहेलना, सृष्टि द्वारा सृजित इस भौतिक जगत के किसी भी प्राणी तथा जीवित, अजीवित किसी भी वस्तु या पदार्थ द्वारा नहीं की जा सकती। अतः कहा जा सकता है कि काल ही जगत का आधार है-

"कालो हि जगदाधारः"

परन्तु यह काल भी परमेश्वर द्वारा ही रचित है और इस काल रूपी ऊर्जा का भी परमेश्वर में ही लय हो जाता है। उसी परम तत्त्व को ही उपनिषदों में श्रुति द्वारा 'सर्वलोक प्रतिष्ठा' कहा गया है। प्राचीन ऋषियों ने भी इस परमतत्त्व को-

"आधारभूता जगतस्त्वमेका' कहा है।

इस अखिल ब्रह्माण्ड की सभी ऊजाएं, इसी काल रूपी ऊर्जा के अधीन हैं। जैसा कि कहा गया है।

"कालाख्येन स्वातंत्रयेण सर्वाः

परतन्त्रा जन्मादिमव्य शक्तयः।।"

परमेश्वर की माया और काल रूपी ऊर्जा के संयुक्त रूप को ही प्रकृति कहा गया है। विश्व के सारे कार्यकलाप इस 'काल विशेष' में ही घटित और सम्पूर्ण होते हैं। काल का सहारा लेकर ही प्रकृति प्राणी की जन्म, मृत्यु इत्यादि छहों अवस्थाओं को पूर्ण करती है। काल से ही समस्त जड़ तथा चेतन की उत्पत्ति पालन और विनाश होता है, जैसा कि महर्षि भर्तृहरि ने कहा है-

"अव्याहृताः कला यस्य कालशक्तिमुपश्रिताः।

जन्मादयोविकारः' षड् भावभेदस्य योनवः।।"

श्रुति ने भी काल को ही परब्रह्म परमेश्वर या पराशक्ति माना है। अतः कह सकते हैं कि काल ही इस सृष्टि का बीज रूप कारण है। इस सृष्टि की सभी वस्तुओं एवं पदार्थों का भोग, भोक्ता और भोग्य सव कुछ काल ही है। इस अखिल विश्व की समस्त वस्तुएं पदार्थ एवं प्राणीमात्र सभी इस काल तत्त्व के ही अलग अलग रूप हैं जो काल की प्रेरणा से अपना रूप बदलते रहते हैं। या कह सकते हैं काल रूपी ऊर्जा ही पदार्थों में परिवर्तित होती रहती है और परार्थ कालरूपी ऊजा में बदलते रहते हैं यही क्रम अनवरत चल रहा है। इस प्रकार हम कह सकते हैं कि 'काल' एक 'ऊर्जा विशेष' के रूप में समस्त ब्रह्माण्ड में व्याप्त हैं। इसीलिए

पुराणों में काल को-"सर्वान्त कृत यम" भी कहा गया है। श्रीमद्भगवद गीता में भी काल को-

"कालोऽस्मि लोकक्षयकृत्प्रवृद्धः"

कहा गया है। काल के विषय में जितना भी कहा जाए, थोड़ा है।

श्रीमद्भागवत् के तृतीय स्कन्ध के एकादश अध्याय में काल के बारे में कहा गया है-

"स कालः परमाणुर्वै यो भुंक्ते परमाणुताम।

सतोऽविशेषभुग्यस्तु स कालः परमोमहान्।।"

अर्थात् जो काल (समय) प्रपंच की परमाणु जैसी सूक्ष्म अवस्था में व्याप्त रहता है, वह अत्यंत सूक्ष्म है और जो सृष्टि से लेकर प्रलयपर्यन्त उस की सभी अवस्थाओं का भोग करता है, वह परम महान् (बहुत बड़ा) है।

सतपाल ने पूछा-

"पंडित जी, परमाणु से प्राचीन ऋषियों का क्या तात्पर्य है और इसका काल (समय) से क्या सम्बन्ध है?"

पंडित जी ने एक क्षण सोचा, फिर कहा-

"प्राचीन ऋषियों ने परमाणु की परिभाषा (श्रीमद्भागवत के तृतीय स्कन्ध के एकादश अध्याय के अनुसार) इस प्रकार वर्णन की है-

"चरमः सद्विशेषाणामनेकोऽसंयुतः सदा।

परमाणुः स विज्ञेयो नृणामैक्यभ्रमो यतः।।"

अर्थात् पृथ्वी आदि कार्यवर्ग का जो सूक्ष्मतम अंश है, जिसका और विभाजन नहीं हो सकता। तथा जो कार्य रूप को नहीं प्राप्त हुआ है और जिसका अन्य परमाणुओं के साथ संयोग भी नहीं हुआ है, उसे परमाणु

कहते हैं। इन परमाणुओं के परस्पर मिलने से ही मनुष्यों को भ्रमवश उनके समुदाय रूप एक अवयवी की प्रतीति होती है।

प्राचीन ऋषियों ने काल (समय) की सूक्ष्मतम इकाई 'त्रुटि' को तीन परमाणुओं की श्रृंखला, जिसे त्रसरेणु कहा है की लम्बाई को प्रकाश द्वारा पार करने के समय के बराबर माना है। इस प्रकार परमाणु का समय से सम्बन्ध है।''

सतपाल ने पूछा-''पुराने ऋषि इतनी सूक्ष्मता से समय को किन इकाईयों (Unit) में नापते थे?''

श्री पंडित भास्करन ने उत्तर दिया-

'पुराने ऋषियों (वैज्ञानिकों) ने समय नापने की बहुत सूक्ष्म इकाईयाँ बनाई थी जिससे समय के बहुत छोटे अंतराल को भी नापा जा सकता था उनकी सूक्ष्म इकाइयाँ इस प्रकार हैं-

अत्यंत सूक्ष्मकाल (Time) है परमाणु अर्थात् प्रकाश द्वारा एक परमाणु की लम्बाई को पार करने में लगा समय जो नहीं नापा जा सकता।

दो परमाणु का एक अणु अर्थात् एक अणु की लंबाई या दो परमाणुओं की संयुक्त लंबाई के बराबर लंबाई को भी प्रकाश द्वारा पार करने में लगा समय भी नहीं नापा जा सकता।

तीन अणुओं का एक त्रसरेणु अर्थात् तीन अणुओं की संयुक्त लंबाई को पार करने में प्रकाश द्वारा लगा समय, समय की सूक्ष्मतम इकाई (सबसे छोटी इकाई या नदपज) है जिसे एक 'त्रुटि' कहा जाता है।

सौ चुटियों का एक 'वेध' होता है।

तीन वेघो का एक 'लव' होता है।

तीन लवों का एक 'निमेष' होता है।

तीन निमेष का एक 'क्षण' होता है।

पाँच क्षणों की एक 'काष्ठा होती है।

पन्द्रह काष्ठा का एक 'लघु' होता है।

पन्द्रह 'लघु' की एक 'नाड़िका' होती है।

छह नाड़िका का एक 'प्रहर' होता है।

आठ 'प्रहर' का एक दिन रात' (चौबीस घंटे) होता है।

पन्द्रह दिन रात का एक 'पक्ष' होता है।

दो पक्षों (शुक्ल पक्ष एवं कृष्ण पक्ष) का एक 'मास' होता है।

छह मासों का एक 'अयन' होता है।

दो अयनों (उत्तरायन तथा दक्षिणायन) का एक वर्ष होता है।

मृगवाज ने पूछा-

'और समय की बड़ी इकाइयाँ क्या हैं।

पंडित भास्करन ने उत्तर दिया-

'पुराने ऋषियों ने समय की बड़ी इकाईयाँ इस प्रकार बताई हैं। जो वास्तव में विभिन्न काल चक्रों का समय है। ये समय इस प्रकार है-

सबसे छोटा काल चक्र पृथ्वी का है जिसका समय एक मानववर्ष है अर्थात् पृथ्वी अपनी कक्षा (Orbit) में एक वर्ष में एक चक्कर पूरा कर लेती है।

उससे बड़ा कालचक्र हमारे सौर-मन्डल का है जो एक महायुग (अर्थात् एक चतुर्युग या सतयुग, त्रेता, द्वापर और कलयुग का संयुक्त समय) कहलाता है और जिसका समय मान तेंतालीस लाख बीस हजार वर्ष है।

उससे बड़ा कालचक्र हमारी आकाश गंगा द्वारा अपनी कक्षा (Orbit) में एक चक्कर पूरा करने का है जो एक मनवन्तर कहलाता है और

जिसका समय मान तीस करोड़, सड़सठ लाख, बीस हजार वर्ष (मानव वर्ष) है।

और सबसे बड़ा कालचक्र हमारे ब्रह्माण्ड का है जो अनन्त आकाश (अन्तरिक्ष) में करोड़ों अन्य ब्रह्माण्डों के बीच अपनी कक्षा (Orbit) में एक चक्कर पूरा करने का समय है जिसका समयमान आठ अरब, चौंसठ करोड़ वर्ष है जो दो कल्प या सर्ग के बराबर कहा जाता है-

सतपाल ने पूछा-

'काल चक्र हम किसे कहते हैं। काल या समय तो स्थिर है फिर यह चक्राकार गति कैसे करता है?"

पंडित भास्करन ने उत्तर दिया-"जब कुछ घटनायें (Events) एक निश्चित अन्तराल के बाद बार-बार लगातार दोहराई जाती हैं तो उन घटनाओं के चक्र को ही काल चक्र नाम दिया गया है।

अध्याय - 6

अष्टांग योग

मृगराज ने पूछा-योग की उपलब्धियाँ तथा लाभ क्या हैं?

योगी पंडित भास्करन ने कहा-

योग के चार चरणों से चार प्रकार की सिद्धियाँ या उपलब्धियाँ हमें प्राप्त होती हैं। स्वस्थ एवं निरोगी शरीर पहली उपलब्धि है जो योग के प्रथम अवस्था या यौगिक व्यायाम या यौगिक आसनों के अभ्यास से प्राप्त होता है। इसे अपना कर आम आदमी भी स्वस्थ एवं निरोग जीवन जी सकता है। दूसरे चरण प्राणायाम की उपलब्धि लम्बी उम्र या कुछ हद तक मृत्यु पर विजय है जो योग के साधक को प्राणायाम के अभ्यास द्वारा प्राप्त होती है। योग्य गुरु के मार्गदर्शन में प्राण एवं अपान वायुओं पर नियंत्रण कर उनके निरोध द्वारा पहले लघु (बारह मात्रा वाला), फिर मध्यम (चौबीस मात्रा वाला) और अन्त में उत्तम (छत्तीस मात्रा का) प्राणायाम का अभ्यास किया जाता है। यदि यही प्राणायाम मन में अपने इष्ट देव या परमेश्वर के नाम जप के साथ अभ्यास किया जाए तो मनुष्य अपने इच्छित काल तक जीवित रह सकता है। तीसरे चरण की तीसरी प्रकार की उपलब्धि 'ध्यान' है। जिसके लिए प्राणायाम द्वारा मन को शान्त एवं एकाग्र किया जाकर अपने इष्ट देवता अथवा परमेश्वर का ध्यान किया जाता है जिससे ज्ञान (अलौकिक ज्ञान) की उपलब्धि होती है। और चौथे चरण या अंतिम सिद्धि या उपलब्धि 'मोक्ष' है जो चौथे या अंतिम साधन 'समाधि' द्वारा प्राप्त होती है और पराविद्या द्वारा ही सम्भव है। पराविद्या केवल अनुभवगम्य है, उसे किसी से सुनकर पढ़कर

या देखकर नहीं सीखा जा सकता। योग्य गुरु के मार्ग दर्शन में स्वयं अपने आप अनुभव कर के ही अभ्यास द्वारा, निर्विकल्प समाधि द्वारा इसका ज्ञान होता है। और अपनी आत्मा तथा परमात्मा का सम्बन्ध और उनका साक्षात्कार हो जाता है। फिर और कुछ जानने को बाकी नहीं रहता। यही योग की अन्तिम उपलब्धि है। इसे ही मोक्ष भी कहते हैं।

मृगराज ने पूछा-

"अष्टांग योग क्या है? कृपया विस्तार से समझाइये।"

पंडित भास्करन ने उत्तर दिया-

"शरीर में गले से नीचे तथा नाभि से ऊपर का बारह अंगुल (लगभग नौ इंच) परिमाण वाला हृत्कमल नामक स्थान योग के लिए उत्तम स्थान है। इसी प्रकार नाभि से नीचे मूलाधार नामक स्थान तथा दोनों भृकुटियों (भौंहों) के बीच में आवर्त 'आज्ञाचक्र' नामक स्थान भी योग स्थान है।

मनुष्य को परमार्थ तत्त्व का ज्ञान प्राप्त होना ही योग कहा जाता है और चित्त की एकाग्रता हमेशा परमेश्वर की कृपा से ही प्राप्त होती है। उस कृपानिधान का स्वरूप केवल अनुभव से ही जाना जाता है उसका शब्दों में वर्णन नहीं हो सकता। मनुष्य धीरे-धीरे उस स्वरूप को योग के माध्यम से जान लेता है।

चित्त की वृत्तियों पर नियंत्रण करना ही योग है। परमेश्वर के स्वरूप को अनुभव करने के लिए आठ साधन पहले करने होते हैं जिनमें पहला साधन 'यम', दूसरा 'नियम', तीसरा 'आसन', चौथा 'प्राणायाम', पाँचवा 'प्रत्याहार', छठा 'धारणा', सातवाँ 'ध्यान', तथा आठवाँ 'समाधि' कहलाता है।

विषय भोगों से निवृत्ति तथा तप में प्रवृत्ति को ही यम कहा गया है जो अहिंसा, सत्य, अस्तेय (चोरी न करना) ब्रह्मचर्य तथा अपरिग्रह

(कम खर्च में जीवन यापन) ही 'यम' के आधार है। 'नियम' से पहले 'यम' का साधन आवश्यक है।

सभी प्राणियों को अपने समान समझना तथा हमेशा उन के हित करने का प्रयत्न करना ही अहिंसा कहा गया है। इस अहिंसा से ही आत्मज्ञान प्राप्त होता है। राष्ट्ररक्षा, न्याय तथा आत्मरक्षा एवं निर्बलों की रक्षा हेतु की गईं हिंसा, हिंसा नहीं मानी जाती।

दूसरों को कष्ट न पहुँचाते हुए, जैसा सुना, देखा या स्वयं अनुभव किया गया हो, उसे ठीक उसी तरह कह देना ही 'सत्य' कहा जाता है।

विपत्तिकाल में भी मन, वचन तथा कर्म से अनधिकार पूर्वक दूसरों का द्रव्य अथवा कोई अन्य वस्तु को लेने का विचार भी न करना ही अस्तेय (चोरी न करना) कहलाता है।

ब्रह्मचारियों तथा सन्यासियों द्वारा मन, वचन तथा कर्म से स्त्रियों में रुचि न रखना उनके लिए ब्रह्मचर्य कहा गया है और गृहस्थों के लिए अपनी धर्मपत्नी के अलावा अन्य स्त्रियों (परनारी) में रुचि न रखना ही ब्रह्मचर्य कहा गया है।

अब मैं नियमों का वर्णन करता हूँ। शौच, तप, यज्ञ, दान, स्वाध्याय, इन्द्रिय निग्रह, व्रत, उपवास, मौन तथा स्नान- ये दस प्रकार के नियम है। आकांक्षा राहित्य, शुचिता, सन्तुष्टि, तप, जप एवं परमेश्वर से सम्बन्ध स्थापित करना तथा पद्मासन आदि भी नियम के अन्तर्गत ही आते हैं।

साधकों को चाहिए कि बाह्य पवित्रता के साथ-साथ आन्तरिक पवित्रता भी बनाए रखें। मन पर श्रद्धा पूर्वक वैराग्य रूपी मिट्टी का लेपन कर के आत्म ज्ञान रूपी जल में स्नान कर के शुद्ध हो जाने को अन्तः शौच कहा गया है।

जो साधक न्यायपूर्वक अर्जित किए गए धन से सन्तुष्ट रहता है और गये

धन के विषय में चिन्तन नहीं करता, वह सन्तोषी कहा जाता है।

प्रणव (ॐ) जप स्वाध्याय कहा जाता है। यह जप तीन प्रकार का होता है। वाचिक (मुख से जोर से बोला गया) जप अधम कहा गया है। उपांशु (मन्द स्वरात्मक) जप मध्यम तथा मानस (मन में किया गया) जप उत्तम कहा गया है।

मन, वचन तथा शारीरिक क्रियाओं द्वारा ईश्वर का प्रणिधान और गुरु के प्रति निश्चल तथा प्रतिष्ठित भक्ति को ही 'ईश्वर-ज्ञान' कहा गया है।

विषयों में आसक्त इंन्द्रियों को विषयों से हटाकर उन पर नियंत्रण करने को संक्षेप में 'प्रत्याहार' कहा गया है।

हृदय आदि स्थानों में चित्त को रोकने की क्रिया को संक्षेप में 'धारणा' कहा गया है।

स्वस्थ चित्तता से उसी धारणा की स्थिरता ही ध्यान है, जो विचारणा-पूर्वक समाधि में परिणित हो जाती है। ध्येय विषय में चित्त की एकाग्रता ही ध्यान है जब उस स्थिति में चित्त अन्य वृत्तियों से शून्य हो जावे।

चैतन्यरूप के ध्येयमात्र से भासित होने वाला, इस प्रकार की देह शून्यता को प्राप्त, ध्यान ही 'समाधि' है। और यह समस्त ध्यान-समाधि आदि, प्राणायाम से ही प्राप्त होती है।

अपने शरीर में स्थित वायु ही 'प्राण' हैं और उसे रोकना ही प्राणायाम है। 'मन्द मध्यम तथा उत्तम, तीन प्रकार के प्रणायाम कहे गये हैं।

प्राण और अपान वायु का निरोध (रोकना) ही प्राणायाम कहलाता है। मन्द प्रणायाम का मान बारह मात्राओं का बतलाया गया है। बारह लघु अक्षरों (अ, इ, उ, क, ख, ग, इत्यादि जिनमें का, की, कू इत्यादि की मात्रा न हो) के बोलने में लगा समय बारह मात्रा कहलाता है। उससे दुगुना समय चौबीस मात्राओं का मध्यम प्राणायाम तथा छत्तीस मात्राओं का उत्तम प्राणायाम होगा। इनका अभ्यास योग्य गुरु के निर्देशन में धैर्यपूर्वक बहुत धीरे-धीरे किया जाता है।

जप सहित प्राणायाम 'सगर्भ' तथा जप रहित प्राणायाम 'अगर्भ' कहलाता है।

बहुत धीरे धीरे इनका समय बढ़ाया जाता है क्योंकि प्राणवायु भी योगियों द्वारा वश में किए जाने पर विचलित होने लगता है। तथा अव्यवस्थित हो जाता हैं नियम पूर्वक योग्यगुरू के निर्देशन (देख-रेख) में अभ्यास किए जाने पर शनैः शनैः अभ्यास से समत्वभाव को प्राप्त होता है। इस प्रकार सतत अभ्यास से योगी के मन, वचन तथा कर्म से उत्पन्न सभी दोष नष्ट हो जाते हैं, साथ ही स्वास प्रश्वास की गति भी न्यून हो जाती है।

अभ्यास करते करते प्राणायाम के दौरान पहले पसीना आना प्रारम्भ होता है, फिर कुछ दिनों बाद कम्पन महसूस होने लगता है तथा अन्त में शरीर में हल्कापन महसूस होने लगता है मानो शरीर हवा में प्लवन (Float) कर रहा हो। इस प्रकार स्वासों के नियंत्राण (प्राणायाम) से क्रमशः दिव्य सिद्धियाँ जो शांति, प्रशान्ति तथा दीप्ति इत्यादि कहलाती हैं, प्राप्त होने लगती है।

सिद्धियों के क्रम में सब से पहली शांति है। सहज तथा भविष्य में आने वाले पापों का नाश शांति कहलाता है। दूसरी प्रशान्ति है। वाणी पर भली भांति संयम प्रशान्ति कहलाता है। तीसरी सिद्धि दीप्ति है। सभी तरह से सर्वदा प्रकाश की स्थिति को दीप्ति कहा गया है। तथा चौथी सिद्धि है 'प्रसाद'। सभी इन्द्रियों, बुद्धि तथा प्राणवायु आदि की प्रसन्नता को 'प्रसाद' कहा गया है। सभी को वायुओं, अर्थात समान, उदान, व्यान, नाग, कूर्म, कृकल, देवदत्त तथा धनंजय-इनकी जो प्रसन्नता है उसे 'मरुतों का प्रसाद' कहा गया है।

अब शरीर में इन वायुओं के कार्य के बारे में बताते हैं। जो वायु प्रयाण (जाना या चलना) करता है, उस वायु को प्राण वायु कहा गया है। जो वायु आहार आदि को नीचे की ओर क्रम से ले जाता है उसे अपान कहते हैं। सभी अंगों में वायुव्याप्त रहता है उसे व्यान कहते हैं। व्याधि आदि का प्रकोपक जो वायु मर्मों में उद्वेजन पैदा करता है उसे उदान

वायु कहते हैं। जो वायु गात्रों में (अंगों में) समता करता है उसे समान वायु कहते हैं। इसी तरह 'डकार' आदि के समय क्रियाशील वायु 'नाग' कहलाता है। उन्मीलन अवस्था (उनींदापन की अवस्था) में क्रियाशील वायु 'कूर्म' कहलाता है। छींक आदि के लिए क्रियाशील वायु 'कृकल' कहा जाता है।

जम्हाई में क्रियाशील वायु 'देवदत्त' कहलाता है तथा महाघोष (खर्राटे) करने वाले वायु का नाम 'धनंजय' है, जो मरने पर भी सम्पूर्ण शरीर में व्याप्त रहता है।

जो इन दस वायुओं को प्राणायाम से सिद्ध कर लेता है (नियंत्रित कर लेता है) वह शांति आदि चारों सिद्धियों के प्रसाद को प्राप्त कर लेता है। इन वायुओं का प्रसाद ही 'तुरीया' सिद्धि कहलाता है।

बुद्धि को ही विश्वर, महान, प्रज्ञा, मन, ब्रह्म, चिति, स्मृति, भी कहा गया है। इस बुद्धि का प्रसाद प्राणायाम से ही सिद्ध होता है। यह बुद्धि शीत-उष्ण आदि द्वन्द्वों का उपतापन न होने से विस्वर कही गयी है। सभी तत्त्वों के पहले उत्पन्न होने के कारण महान् कहलाती है। यह प्रमाणों का आश्रय होने से प्रज्ञा कही गई है। मनन करने के कारण इसे मन कहा गया है, तथा वृहत् (बड़ी) होने तथा वृद्धि करने के कारण इसे ब्रह्मा कहा गया है। जो भोगों के लिए समस्त कर्मों का चयन करती है उसे चिति कहा गया है। जो स्मरण करती है उसे स्मृति कहते हैं। जो जानती है उसे संवित् कहा गया है। ज्ञानी, सभी तत्त्वों का स्वामी एवं सब कुछ जानने के कारण इस बुद्धि को ईश्वर की संज्ञा (नाम) दी गई है। मानने के कारण इसे मति कहते हैं। तथा अर्थ को जानने एवं उसका बोध कराने के कारण इसे बुद्धि कहा गया है। इस बुद्धि का भी प्रसाद प्राणायाम से ही सिद्ध होता है।

योगी को प्राणायाम के द्वारा सभी दोषों को नष्ट करना चाहिए। उसे धारणा से पापों को तथा प्रत्याहार से विषयों को नष्ट करना चाहिए। उसे ध्यान के द्वारा काम-क्रोध आदि नष्ट करना चाहिए एवं समाधि से बुद्धि की वृद्धि करनी चाहिए। तब उत्तम स्थान में उचित आसनों में

होकर आत्मवित् योगी को विधिपूर्वक योग के आठों अंगों का क्रम से अभ्यास करना चाहिए।

सबसे पहले योगों को स्वस्तिक आसन, अर्ध पद्मासन या सिद्धासन बाँधकर दृढ़ आसन लगाकर मुख को बन्द कर के सिर को कुछ ऊँचा उठा कर दांतों का परस्पर स्पर्श बचाकर, सभी ओर से दृष्टि रोककर अधमुँदे नेत्रों से अपनी नाक के सिरे (नासिकाग्र) पर अपनी दृष्टि केन्द्रित कर के तथा सीने (वक्षस्थल) को आगे की ओर ऊँचा उठाकर (सीना तानकर), तमोगुण को रजोगुण से तथा रजोगुण को सत्वगुण से आच्छादित करना चाहिए। इस प्रकार सत्वगुण (पूर्ण शान्ति) में स्थिर होकर परमेश्वर के ध्यान का अभ्यास करना चाहिए।

साधक को समाहित चित्त होकर दीपशिखा की आकृति वाले तथा ओंकार नाम से अभिहित उस परमेश्वर का अपने हृदय कमल की कर्णिका में ध्यान करना चाहिए। अथवा साधक को नाभि से तीन अंगुल नीचे अष्ट कोणात्मक, पंचकोणात्मक अथवा त्रिकोणात्मक उत्तम कमल का ध्यान कर के उसमें क्रमानुसार अपनी शक्तियों सहित अग्नि मंडल, चंद्रमंडल सूर्यमंडल अथवा सूर्य-चन्द्र-अग्नि मंडल अथवा अग्नि-सूर्य-चन्द्र मंडल का विधिवत ध्यान करना चाहिए। इनका ध्यान करते समय अग्नि के नीचे धर्म, ज्ञान, वैराग्य तथा ऐश्वर्य (चारों की) की कल्पना कर के मंडलों के ऊपर सत्व, रज तथा तम की भावना करते हुए साक्षात् परब्रह्म परमेश्वर का चिन्तन करना चाहिए।

इसी प्रकार नाभि, कण्ठ, भूमध्य, ललाट अथवा मस्तक में विधि के अनुसार परमेश्वर का ध्यान करना चाहिए।

स्वर्ण की आभा वाले तथा अंगार के सदृश, महाश्वेत द्वादश सूर्य के समान दीप्त, चन्द्र बिम्ब के सदृश, करोड़ों विद्युत के समान प्रभावाले, अग्निवर्ण के सदृश, विद्युत वलय तुल्य आभावाले, उन-उन स्थानों में साधक को समाहित चित्त होकर परमेश्वर का चिन्तन करना चाहिए।

हृदय प्रदेश में महेश्वर का नाभिकमल में सदाशिव का, ललाट में चन्द्रचूड़ का, भूमध्य में साक्षात् शंकर का तथा दिव्य शाश्वत स्थान मूर्धा में शिव का ध्यान करना चाहिए।

विद्वान तथा सुव्रत साधक को चाहिए कि वह शरीर के भीतर सुषुम्णा मार्ग से क्रमशः बारह मात्रात्मक मन्द कुम्भक, चौबीस मात्रात्मक मध्यम कुम्भक तथा छत्तीसमात्रात्मक उत्तम कुम्भक के द्वारा कल्याणप्रद, शुद्ध, देव स्वरूप तथा ज्ञान सम्पन्न प्रभु परमेश्वर का ध्यान करे।

हृदय कमल तथा नाभिकमल में ध्यान केन्द्रित करके साधक को बत्तीस मात्रात्मक रेचक करना चाहिए अथवा रेचक तथा पूरक छोड़कर केवल कुम्भक में ही स्थिर रहकर समरसतापूर्वक अपने हृदय में साक्षात् परमेश्वर का ध्यान करना चाहिए।

इस प्रकार समरस में स्थित साधक ईश्वर तथा जीव के एक्य को प्राप्त होकर उस रसजनित ब्रह्मनन्द की प्राप्ति कर लेता है।

बारह प्राणायामों की एक धारणा होती है। बारह धारणाओं का एक ध्यान होता है तथा बारह ध्यानों की एक समाधि होती है।

यह योग सिद्धि ज्ञानियों के समागम से अथवा प्रयत्न करने से प्राप्त होती है। ये दोनों साधन समान ही हैं। यह सिद्धि पूर्व जन्म के योगाभ्यासी साधक को शीघ्र तथा नवीनाभ्यासी साधक को विलम्ब से प्राप्त होती है।

अध्याय - 7

वेद, उपवेद, संहिताऐं, पुराण एवं उपनिषद

मृगराज ने पूछा-'पंडित जी वेदों की रचना किसने की?''

पंडित भास्करन ने उत्तर दिया-देवी सावित्री को वेदमाता कहा जाता है। वेदों की रचना उन्हीं ने की है।

मृगराज ने पूछा-

"हमारे वेदों में किस प्रकार का ज्ञान उपलब्ध है।''

पंडित भास्करन ने उत्तर दिया-

"जिनमें नियताक्षर वाले मन्त्रों की ऋचाएं होती हैं उन ऋचाओं के समुदाय को 'ऋग्वेद' कहते हैं। जिसमें स्वरों सहित गाने में आने वाले मंन्त्र होते हैं उन मन्त्रों के समुदाय को 'सामवेद' कहा गया है। जिसमें अनिताक्षर (अनिताक्षर) वाले मंन्त्र होते हैं उन मन्त्रों के समुदाय को 'यजुर्वेद' कहा गया है।

इन तीनों वेदों में क्रतु, यज्ञ आदि की रीति के ज्ञान, विज्ञान का वर्णन है।

मृगराज ने पूछा-

"क्रतु, यज्ञ आदि का क्या अर्थ है?''

पंडित भास्करन ने उत्तर दिया-

"जो वैदिक रीति से किया जाये, उसे क्रतु कहा जाता है और जो स्मार्त (पौराणिक) रीति से किया जाय वह यज्ञ कहलाता है। जिसको पंच महायज्ञ आदि स्मार्तकर्म कहते हैं। पितरों के लिए जो अन्न तर्पण किया जाता है उसको 'स्वधा' कहते हैं। क्रतु, यज्ञ, आदि का अनुष्ठान करने के लिए वेद की जिन ऋचाओं का उच्चारण किया जाता है उन सब से पहले 'ओम' (प्रणव) का ही उच्चारण किया जाता है। तभी वे ऋचाऐं अभीष्ट फल देती हैं।"

मृगराज ने फिर पूछा-

"क्या अथर्ववेद में क्रतु, यज्ञ इत्यादि के बारे में नहीं बतलाया गया है? फिर उसमें किस प्रकार का ज्ञान है?"

पंडित भास्करन ने उत्तर दिया-

"जिन मन्त्रों में अस्त्र, शस्त्र एवं भवन आदि का निर्माण करने वाली लौकिक विद्याओं का वर्णन है उन सब मन्त्रों के समुदाय को 'अथर्ववेद' कहते हैं।

ऋग्वेद में रजोगुण की, यजुर्वेद में सत्वगुण की, सामवेद में तमोगुण की तथा अथर्ववेद में तमोगुण एवं सत्वगुण की प्रधानता है।

प्रातःकाल मध्याह तथा अपराह काल में आदित्य (सूर्य) की अंगभूत वेदत्रयी ही, जिसे क्रमशः ऋक्, यजु और साम कहते हैं, तपती है। पूर्वाह में ऋग्वेद, मध्याह में यजुर्वेद, तथा अपराह में सामवेद तपता है। इसलिए ऋग्वेदोक्त शांतिकर्म पूर्वाह में यजुर्वेदोक्त पौष्टिककर्म मध्याह में तथा सामवेदोक्त आभिचारिक कर्म अपराह काल में किये जाने निश्चित किए हैं। आभिचारिक कर्म मध्याहन और अपराह दोनों कालों में किया जा सकता है। किन्तु पितरों के श्राद्ध आदि कार्य अपराह में ही सामवेद मन्त्रों से करने चाहिए।

सृष्टिकाल में ब्रह्मा ऋग्वेदमय, पालनकाल में विष्णु यजुर्वेदमय तथा संहारकाल में रुद्र सामवेदमय कहे गये हैं। इसलिए सामवेद की ध्वनि अपवित्र मानी गयी है।

इनके अतिरिक्त चार उपवेद और रचे गए हैं जिनके नाम हैं-आयुर्वेद जिसमें चिकित्सा शास्त्र का ज्ञान वर्णित है।

दूसरा धनुर्वेद जिसमें शस्त्रविद्या के ज्ञान का वर्णन है।

तीसरा गान्धर्व वेद जिसमें संगीत शास्त्र के ज्ञान का वर्णन है।

और चौथा स्थापत्यवेद जिसमें शिल्पविद्या के ज्ञान का वर्णन है।

इन के अतिरिक्त महर्षि वेदव्यास ने वेदों के मन्त्र समुदायों में से भिन्न भिन्न प्रकरणों के अनुसार मंत्रों का संग्रह करके उनसे ऋग, यजु, साम और अथर्व ये चार संहितायें बनाई, और अपने चार शिष्यों को एक एक संहिता की शिक्षा दी। उन्होंने 'ब्रह्वृच' नाम की ऋक्संहिता पैल को, 'निगद' नाम की दूसरी यजुःसंहिता वैशम्पायन को, सामश्रुतियों की 'छंदोगसंहिता' जैमिनि को और 'अथर्वान्गिरस-संहिता' का अध्ययन सुमन्तु को कराया।

याग्यवल्क्य मुनि ने यजुर्वेद के असंख्य मंत्रों से उस की पंद्रह शाखाओं की रचना की। वही वाजसनेय शाखा के नाम से प्रसिद्ध है। उन्हें कण्व, माध्यन्दिन आदि ऋषियों ने ग्रहण किया तो वे माध्यन्दिन आदि शाखाए कहलायीं।

जैमिनि मुनि के एक शिष्य का नाम था सुकर्मा वह एक महान् पुरुष था, उसने सामवेद की एक हजार संहिताएं बना दी।

सुकर्मा के कोसलदेश निवासी शिष्यों तथा उत्तर भारत के निवासी औदीच्य सामवेदियों ने, जिन्हें प्राच्य सामवेदी भी कहते हैं उन संहिताओं का अध्ययन किया और अपने शिष्यों को कराया। इस प्रकार सामवेद का विस्तार हुआ।

अथर्ववेद के ज्ञाता सुमन्तु मुनि थे। उन्होंने भी एक संहिता बनाई और उसे अपने शिष्य कबन्ध को पढाई। कबन्ध ने उस संहिता के दो भाग कर के अपने दो शिष्यों पथ्य और देवदर्श को उनका अध्ययन कराया। उनके शिष्यों कुमुद, सुनक तथा जाजलि इत्यादि ने अथर्ववेद का विस्तार किया।

पुराणों के छह आचार्य प्रसिद्ध हैं-त्राध्यारुणि, कश्यप, सावर्णि, अकृतव्रण, वैशम्पायन और हारीत। इन लोगों ने महर्षि वेद व्यास से अध्ययन किया था। इन छह के अतिरिक्त और भी चार मूल संहितायें थीं जिन्हें भी इन आचार्यों ने व्यास जी के शिष्य श्री रोमहर्षण जी से अध्ययन किया था।

मृगराज ने फिर पूछा-

'पंडित जी पुराणों और अन्य संहिताओं इत्यादि के बारे में भी कुछ बतलाने की कृपा करें।''

पंडित भास्करन ने एक क्षण सोचा फिर बोले-"अन्य संहिताएं पाँच हैं। जिनके नाम हैं-ब्रह्मसंहिता, शिव संहिता, प्रहलाद संहिता, गौतम संहिता तथा कुमार संहिता।

पंचरात्र भी पाँच हैं, जिनके नाम वाशिष्ठ, पंचरात्र, नारदीय पंचरात्र, कापिल पंचरात्र, गौतमीय पंचरात्र और सनत्कुमारीय पंचरात्र। ये सभी पंचरात्र श्री कृष्ण के माहात्म्य से परिपूर्ण हैं।

पुराणों में सर्ग, प्रतिसर्ग, वंश, मन्वन्तर और वंशानुचरित बताये गए हैं। इनमें सृष्टि, विसृष्टि स्थिति, उनका पालन, कर्मों की वासना-वार्ता मनुओं का क्रम, प्रलयों का वर्णन, मोक्ष का निरुपण, श्री हरि का गुण-गान तथा देवताओं का पृथक-पृथक वर्णन है।

पुराणों की संख्या अठारह है। जिनके नाम हैं-ब्रह्मपुराण, पद्य पुराण, विष्णु पुराण, शिव पुराण, श्री मद्भागवत पुराण, नारद पुराण, मार्कण्डेय पुराण, अग्निपुराण, भविष्य पुराण, ब्रह्मवैवर्त पुराण, लिंग पुराण, वाराह पुराण, स्कन्द पुराण, वामन पुराण, कूर्म पुराण, मत्स्य पुराण, गरुड़ पुराण एवं ब्रह्माण्ड पुराण।

इन सभी पुराणों में श्लोकों की संख्या इस प्रकार है-ब्रह्मपुराण की श्लोक संख्या दस हजार, पद्य पुराण की श्लोक संख्या पचपन हजार, विष्णु पुराण की श्लोक संख्या तेईस हजार, शिवपुराण की श्लोक संख्या

चौबीस हजार है। श्री मद्भागवत पुराण की श्लोक संख्या अठारह हजार, नारद पुराण की श्लोक संख्या पचीस हजार, मार्कण्डेय पुराण की श्लोक संख्या नौ हजार है। अग्निपुराण की श्लोक संख्या पन्द्रह हजार चार सौ है। भविष्य पुराण में श्लोकों की संख्या चौदह हजार पॉंच सौ, ब्रह्मनैवर्त पुराण की श्लोको संख्या अठारह हजार है। लिंग पुराण की श्लोक संख्या ग्यारह हजार, वाराह पुराण की चौबीस हजार, स्कन्द पुराण की श्लोक संख्या इक्यासी हजार एक सौ है। वामन पुराण की श्लोक संख्या दस हजार, कूर्म पुराण की श्लोक संख्या सतरह हजार, मत्स्य पुराण की श्लोक संख्या चौदह हजार, गरुड़ पुराण की श्लोक संख्या उन्नीस हजार तथा ब्रह्माण्ड पुराण की श्लोक संख्या बारह हजार है। इस प्रकार सभी पुराणों के श्लोकों की कुल संख्या चार लाख है।

इनके अतिरिक्त मनुस्मृति आदि स्मृतियाँ तथा कई उपनिषद् जैसे कठोपनिषद्, ईशवास्योपनिषद, केनोपनिषद, श्वेताश्वतरोपनिषद, तैत्तरीयोपनिषद्, छान्दोग्योपनिषद, मुण्डकोपनिषद् इत्यादि है।

और अन्त में श्री मद्भागवत गीता है जो सभी उपनिषदों का सार है। इनके अतिरिक्त भी अनेकों सनातन आध्यात्मिक ग्रंथ हैं।

अध्याय - 8

ज्योतिर्लिंगों, शक्तिपीठों एवं शनि की महिमा

सतपाल ने पूछा-

"पंडित जी हमारे पास कुछ दिनों की छुट्टी और बाकी है। हमें और कहाँ घूमने जाना चाहिए?"

"पंडित भास्करन ने कहा-

"इस समय मौसम अच्छा है तुम सभी रघुराजन और शीला को भी साथ लेकर मध्यप्रदेश के कुछ मंदिरों के दर्शन कर आओ। सबसे पहले 'दतिया' में माँ पीताम्बरा के दर्शन करो। वह सिद्धपीठ है और ज्योतिष का बड़ा केन्द्र है। माँ पीताम्बरा की महिमा अपार है, इसलिए सबसे पहले उनके दर्शन कर, आशीर्वाद प्राप्त करना।

वहाँ से फिर 'ओरछा' जाना जहाँ 'राम राजा' का दरबार है उनके दर्शन भी बड़े भाग्यशाली भक्तों ही मिल पातें हैं। वहाँ की महिमा अपरंपार है।

मध्य प्रदेश में तीसरी जगह जहाँ जाना है, वह है उज्जैन का विश्व विख्यात श्री महाकालेश्वर का मंदिर जहाँ की 'भस्म आरती' प्रसिद्ध है। उज्जैन महापराक्रमी सम्राट विक्रमादित्य की राजधानी थी जिन के नाम पर विक्रम संवत् प्रारम्भ हुआ और समय की गणना प्ररम्भ हुई।

और अन्त में चित्रकूट जाना जो उत्तर प्रदेश तथा मध्यप्रदेश दोनों प्रदेशों में आधा-आधा बाँटा हुआ है। वनवास की अवधि में श्री राम, सीता

तथा लक्ष्मण ने यहाँ कामदगिरी पर रहकर काफी समय गुजारा था। नदी के किनारे यह बहुत ही सुरम्य स्थान है, तथा कामद गिरि से इसकी शोभा और कई गुना बढ़ गई है।

शीला वहाँ घूम फिर कर श्री राम की महिमा को और अच्छी तरह समझ सकेगी, कि कैसे उन्होंने वन में अकेले रहकर भी रावण जैसे अत्यन्त शक्तिशाली राजा को परास्त किया था।

"यदि समय बचे तो वहाँ से ओंकारेश्वर भी जा सकते हो।"

वे सब इसी प्रकार दर्शन करते हुए चित्रकूट पहुँच कर घूमे फिरे।

फिर चित्रकूट से वे ओंकारेश्वर आये। वहाँ पवित्र नर्मदा में स्नान कर दिव्य ओंकारेश्वर के दर्शन किये वहाँ से सतपाल और मृगराज अपने परिवार के साथ दिल्ली लौट गए परन्तु रघुराजन और शीला अपनी कार से आगे महाराष्ट्र में चले गए। वहाँ सबसे पहले वे सिरड़ी पहुँचे और साईं। बाबा के दर्शन किए वहां से अजन्ता, ऐलौरा केव्स देखने चले गए। इतनी बड़ी गुफाओं के अन्दर इतनी अच्छी कलाकारी और भगवान गौतम बुद्ध की विभिन्न मुद्राओं में बनी प्रतिमाओं को देखकर शीला अचम्भित रह गई।

उन्होंने घृष्णेश्वर ज्योतिर्लिंग के दर्शन पूजा अर्चना की। वहाँ से वे दत्तात्रोय आश्रम को गए और लौटकर शनि शिंगणापुर रूके। शीला को यह जानकर बहुत आश्चर्य हुआ कि इस शहर में चोरी नहीं होती और लोग अपने घरों में ताले नहीं लगाते। वहाँ शनि महाराज के ऐसे प्रभाव को देख कर शीला आश्चर्य चकित रह गई। उसे विश्वास नहीं हो रहा था कि दुनियाँ में ऐसी भी कोई जगह हो सकती है। उसने रघुराजन से शनि के बारे में विस्तार से पूरी जानकारी देने की प्रार्थना की। तो रघुराजन ने बतलाया-

"हमारे सौरमण्डल में शनि सबसे बड़ा ग्रह है इसके चारों ओर परिधि पर एक वलय है और इसके कई चन्द्रमा इसके चारों ओर विभिन्न कक्षाओं में चक्कर लगाते हैं।"

शीला ने टोका-"यह सब तो मुझे मालूम है ज्योतिषी जी। आप तो ज्योतिष के अनुसार इन का वर्णन करें।"

रघुराजन ने एक क्षण सोचा फिर बोला-

"ज्योतिष के अनुसार यह नवग्रहों में से एक मुख्य ग्रह है जिसकी चाल धीमी है इसलिए ये इसे 'शनैःचर' अर्थात् धीमा चलने वाला कहा जाता है। इसी कारण यह प्रत्येक राशि में ढाई वर्ष रहता है। इसको न्याय का देवता भी कहा जाता है क्योंकि यह पाप कर्म का दंड भी देता है। इसी डर के कारण इस शहर में कोई चोरी करने का साहस नहीं करता। यहाँ तक कि यदि रास्ते में आपकी कोई कीमती वस्तु स्वर्ण आभूषण आदि गलती से गिर जाये तो भी दूसरे दिन वहीं पड़ा आपको मिल जाएगा। कोई दूसरा व्यक्ति उसे नहीं उठा ले जायेगा ।

अब ज्योतिष के अनुसार शनि का वर्णन सुनो "यह ग्रह नपुंसक जाति, कृष्ण वर्ण (Dark complex) पश्चिम दिशा का स्वामी, वायुतत्व तथा वातश्लेष्मिक प्रकृति का है। ज्योतिष में इसके द्वारा आयु, शारीरिक बल, दृढ़ता, विपत्ति, प्रभुता, मोक्ष, यश, ऐश्वर्य, नौकरी, योगाभ्यास, विदेशी भाषा एवं मूर्छा आदि रोगों का विचार किया जाता है। यदि जातक का जन्म रात्रि में हुआ हो तो यह माता और पिता का कारक होता है। शनि जन्म कुंडली के सप्तम (सातवें) स्थान में बली होता है तथा किसी वक्री ग्रह अथवा चन्द्रमा के साथ रहने पर चेष्टाबली होता है।

शनि क्रूर तथा पापग्रह है परन्तु इसका अन्तिम परिणाम सुखद होता है। यह मनुष्य को दुर्भाग्य तथा संकटों के चक्कर में डालकर, अन्त में उसे शुद्ध तथा सात्विक बना देता है।

यह जन्म- कुंडली के अष्टम भाव (आठवें भाव) जिसे त्रिक, रंघ्र, जीवन, चतुरस्त्र, पणफर तथा आयु भाव भी कहा जाता है, का कारक स्वामी ग्रह है।

इस भाव के द्वारा जातक की आयु, जीवन, मृत्यु, मृत्यु के कारण, व्याधि, मानसिक, चिन्तायें, झूँठ, पुरातत्व, समुद्रयात्रा, संकट, लिंग, योनि, अण्डकोष के रोग आदि के सम्बन्ध में विचार किया जाता है।"

शनि तुला राशि के बीस अंश पर उच्च का माना जाता है। तथा मेष राशि के बीस अंश (डिगरी) पर नीच का होता है।

शीला ने पूछा-

"किसी ग्रह के उच्च या नीच के होने का क्या मतलब है?"

रघुराजन ने उत्तर दिया-

"कोई भी ग्रह जब का उच्च होता है तो 'सर्वोच्चबली' होता है। तथा नीच का होने पर 'निर्बल' होता है। ज्योतिष के अनुसार शनि 'मकर' तथा 'कुंभ' राशि का स्वामी है, अतः यदि जन्म कुंडली में शनि 'मकर' अथवा कुंभ' राशि में स्थित हो तो उसे 'स्वग्रही' अथवा 'स्वक्षेत्री' कहा जाता है। परन्तु कुंभ राशि के एक से बीस अंश तक शनि का 'मूल त्रिकोण' होता है और उसके बाद इक्कीस से, तीस अंश तक 'स्वक्षेत्र' है। तुला राशि के बीस अंश तक शनि उच्च का होता है यह बात मैंने पहले ही बता दी है।"

अब जन्म कुन्डली में शनि की दूसरे भावों पर पूर्णदृष्टि तथा खंडदृष्टि के बारे में सुनो। जन्म-कुंडली में शनि जिस भाव में भी बैठता है वहाँ से वह तीसरे तथा दसवें भाव को एक चरण दृष्टि से, पाँचवें तथा नवें भाव को दो चरण दृष्टि से देखता है। चौथे तथा आठवें भाव को तीन चरण दृष्टि से तथा सातवें, तीसरे एवं दसवें, तीनों भावों को पूर्ण दृष्टि से देखता है।

अब महर्षि भृगु के अनुसार जन्म कुंडली में शनि की स्थिति का फल भी सुन लो। यदि जनम कुंडली में शनि उच्चराशि (तुला) का हो तो वह व्यक्ति पृथ्वी पति, कृषक, राजा, जर्मींदार, यशस्वी तथा सुखी होता है।

जन्म कुंडली में शनि यदि मूल त्रिकोण, (अर्थात् कुम्भ राशि के बीस अंश तक) में हो तो वह व्यक्ति शूरवीर, साहसी, सेनापति, वैज्ञानिक, अस्त्र-शस्त्रों का निर्माता, कर्त्तव्यनिष्ठ एवं जहाज-चालक होता है।

यदि किसी व्यक्ति की जन्म कुंडली में शनि स्वक्षेत्री (अर्थात् मकर अथवा कुम्भ राशि का) हो तो वह उग्र स्वभाव का, कष्ट सहिष्णु तथा पराक्रमी होता है।

जिस व्यक्ति की जन्म कुंडली में शनि अपने मित्र (बुध अथवा शुक्र) की राशि (कन्या, मिथुन, वृष अथवा तुला) में बैठा हो, तो वह व्यक्ति प्रेमी-स्वभाव का धनी, सुखी तथा परान्न-भोजी होता है।

जिस व्यक्ति की जन्म कुंडली में शनि अपने शत्रु (सूर्य, चन्द्र अथवा मंगल) की राशि (सिंह, कर्क, मेष अथवा वृश्चिक) में बैठा हो, वह व्यक्ति जीवन भी किसी न किसी कारण वश दुःखी तथा चिन्तित बना रहता है।

जिस व्यक्ति की जन्म कुंडली में शनि नीच राशि (मेष) का हो, तो वह व्यक्ति दुःखी तथा दरिद्र होता है।''

शीला ने उसे रोकते हुए कहा-

''बस-बस ज्योतिषी जी मैं समझ गई कि ज्योतिष में आपके ज्ञान की कोई सीमा नहीं है। और आपकी बतलायी ये बातें अब मेरी समझ के बाहर होती जा रही हैं। अतः कृपया अब हम कोई और बात करेंगे।''

उन दोनों ने आपस में बात करके आगे भारत भ्रमण एवं तीर्थस्थलों पर जाने का फैसला किया। दोनों की मित्रता दिनों-दिन बढ़ती जा रही थी। अतः अब उन्होंने पहले नासिक जाने का फैसला किया। वहाँ पहुँचकर उन्होंने त्रयम्बकेश्वर ज्योतिर्लिंग के दर्शन किए, फिर आगे जाकर भीमाशंकर ज्योतिर्लिंग के भी दर्शन किए।

शीला ने पूछा-'' ज्योतिर्लिंग कितने हैं? ज्योतिलिंग का अर्थ क्या है? तथा और किन देवताओं के मंदिर प्रसिद्ध हैं?''

रघुराजन ने कुछ क्षण सोचा, फिर उत्तर दिया-"श्री सदाशिव अनादि तथा अनन्त हैं। वैदिक काल से लेकर आज तक अनेक ग्रंथों में उनकी महिमा का वर्णन है। ऋग्वेद में ज्योतिर्लिंग का वर्णन इस प्रकार दिया है-

"नासदासीन्नो सदासत्त दानी नासीद्रजो नो व्योमा परोयत्।"

ऋषियों ने जिसका अर्थ इस प्रकार बतलाया है-

"पहले संसार में कुछ नही था, केवल शिव ही थे आलोक रूप में विश्व व्यापी शिव शक्ति ही, विद्युत पुरुष ज्योतिर्लिंग रूप में अवतरित हुए।"

वास्तव में शिव का अर्थ है "कल्याण"। शिव स्वयंभू हैं। अर्थात् वे मानव शरीर से नहीं जन्मे। वे स्वयं की इच्छा से ही प्रकट हुए हैं। वे सृष्टि से पहले भी थे और सृष्टि के बाद भी रहेंगे। वे ज्योति बिन्दु कहे जाते हैं जिन की पूजा ज्योतिर्लिंग (ज्योति रूपी प्रतीक या symbol) के रूप में की जाती है। उनका निराकार ज्योतिरूप ही शिव कहलाता है। जब वे अवतार लेते हैं अर्थात् शरीर धारण करते हैं तो रुद्र कहलाते हैं। अब तक उनके ग्यारह अवतार हो चुके हैं जो ग्यारह रुद्र कहलाते हैं। उन्हीं का तपः मूर्ति रुप शंकर जी के नाम से जाना जाता है।

शीला ने पूछा-

"शिव जी को 'शिवलिंग' के रुप में ही पूजा जाता है, इसका क्या तात्पर्य है?"

रघुराजन ने फिर कुछ क्षण सोचा, फिर उत्तर दिया-

"मुण्कोपनिषद् के तृतीय मुण्डक के द्वितीय खंड के चौथे श्लोक में लिंग शब्द आया है। श्रुति के अनुसार ऋषियों ने इस का अर्थ 'सूचक' या प्रतीक-चिन्ह अर्थात् symbol बतलाया है।

इस प्रकार शिवलिंग का अर्थ शिव का प्रतीक है जिस के द्वारा हमें कैलाश पति शिव जी का भान होता है।"

रघुराजन ने फिर आगे कहा-

"ज्योतिर्लिंग बारह हैं जो पूरे देश में उत्तर से दक्षिण तक तथा पूरब से पश्चिम तक अलग-अलग स्थानों पर स्थित हैं। जिनके नाम हैं-केदार नाथ, विश्वनाथ, वैद्यनाथ, सोमनाथ, नागेश्वर, त्रायंम्बकेश्वर, घृष्णेश्वर, ओंकारेश्वर, महाकालेश्वर, रामेश्वर भीमाशंकर तथा मल्लिकार्जुन।

इसी प्रकार इक्यावन शक्तिपीठ हैं। ये सभी प्रसिद्ध देवियों के मंदिर हैं जहाँ भक्त शक्ति की आराधना करते हैं। ये भी पूरब से पश्चिम तथा उत्तर से दक्षिण तक देश के सभी भागों में स्थित हैं। जैसे-त्रिपुर सुन्दरी, कामाख्या, दुर्गा, काली, बगलामुखी, धूमावती, छिन्नमसता, पीताम्बरा, वैष्णोदेवी, कैलादेवी, शाकुम्भरी देवी, मनसा देवी, नैना देवी, मीनाक्षी एवं कन्या कुमारी इत्यादि इत्यादि।

इनमें दस महाविद्या कहलाती हैं। जिनके नाम हैं-महाकाली, तारा, षोडसी, भुवेश्वरी, भैरवी, बगलामुखी, छिन्नमस्ता, महात्रिपुर सुन्दरी, धूमावती तथा मातंगी।

विष्णु के अवतारों, श्री राम, श्री कृष्ण इत्यादि के मंदिर भी पूरे देश के विभिन्न स्थानों में स्थित हैं। जैसे-बद्रीनाथ, द्वारिकाधीश, केशवदेव, श्री बाँकेबिहारी, श्री राम लला, श्री रामराजा, श्री नाथ जी, जगन्नाथ जी, श्री वेंकटेश्वर, पाण्डुरंग एवं सबरीमाला मंदिर इत्यादि-इत्यादि।

श्री ब्रह्मा जी के दो ही तीर्थ प्रसिद्ध हैं-विठूर जो कानपुर के पास गंगा किनारे है। और दूसरा पुष्कर जो अजमेर के पास है।

श्री हनुमान जी के मंदिर पूरे देश में सभी जगह स्थित है। महाराष्ट्र में विनायक, गणपति श्री गणेश की पूजा होती है।

यहीं सब बातें करते हुए वे गुजरात पहुँच गए। वहाँ श्री सोमनाथ के दर्शन किए। फिर वहाँ से द्वारका पहुँचकर नागेश्वर ज्योतिलिंग तथा द्वारकाधीश श्री कृष्ण के दर्शन किए। वहाँ वे समुद्र के बीच स्थित बेट द्वारका गए और द्वारकाधीश के प्राचीन मंदिर के दर्शन भी किए।

वहाँ से वे राजस्थान होकर लौटे जहाँ पहले श्री नाथ जी के दर्शन किए। फिर अजमेर होते हुए पुष्कर पहुँचे वहाँ श्री ब्रह्माजी के दर्शन कर लौटते हुए जयपुर होकर सालासर वाले हनुमान जी दर्शन किए और वहाँ से हरियाणा होते हुए दिल्ली पहुँचे जहाँ चाँदनी चौक में श्री गौरी शंकर के दर्शन किए। फिर लोटस टैम्पल तथा बिरला मंदिर के दर्शन कर वापस ऋषिकेश लौट गए।

अब तक शीला भारत की संस्कृति, हिंदू, देवी देवताओं एवं रहन-सहन से काफी प्रभावित हो गयी थी और उसने मन ही मन भारत में बस जाने का निर्णय कर लिया था। अतः दूसरे दिन तीसरे पहर वह श्रीमती सावित्री के कमरे में गयी। उन्होंने प्रेम से उसका स्वागत किया और अपने निकट बैठा कर पूछा-

'कहो, अब भारत के विषय में और क्या जानना चाहती हो?'

शीला ने मुस्करा कर कहा-

"सनातन धर्म के बारे में कुछ बातें बताइए, जिन्हें मैं सीखूँ।"

श्रीमती सावित्री ने कहा-

"भोजन करने से पहले और बाद में हाथ धोने चाहिए। नहाने से पहले यह श्लोक बोलना चाहिए"-

"गंगे च यमुने चैव गोदावरि सरस्वति।

नर्मदे सिन्धु कावेरि जलेऽस्मिन् संनिधिं कुरु।।"

अर्थात् हे गंगे, यमुने, गोदावरि, सरस्वति, नर्मदे, सिन्धु और कावेरि। तुम सब इस जल में निवास करो। (इस प्रकार आवाहन करने से सब पवित्रा तीर्थ (नदिया) जल (जिससे हमें स्नान करना है।) में आ जाते हैं।)

और दूसरा काम यह है कि किसी देवता (या ईश्वर) की पूजा, पाठ, भजन, स्मरण इत्यादि करने से पहले, अपने ऊपर पवित्र (शुद्ध) जल के छींटे मारकर यह श्लोक बोलना चाहिए-

"अपवित्रः पवित्रो वा! सर्वावस्थां गतोऽपिवा।

यः स्मरेत् पुण्डरीकाक्षं स बाह्याभ्यंतरः शुचिः।।"

अर्थात् कोई अपवित्र हो या पवित्र, अथवा किसी भी अवस्था में क्यों न हो (सभी अवस्थाओं में), जो सर्वव्यापक कमलनयन भगवान विष्णु का स्मरण करता है, वह बाहर-भीतर सहित पूर्णतः पवित्र हो जाता है।

दूसरे दिन श्रीमती सावित्री की अनुमति ले कर रघुराजन, शीला को गंगा स्नान के लिए हरिद्वार लेकर गया। तो शीला ने पूछा-

"गंगा तो ऋषिकेश में भी है, फिर मुझे गंगा-स्नान के लिए हरिद्वार क्यों लेकर आए?"

रघुराजन ने उत्तर दिया-

"गंगोत्री, जहाँ हिमालय से गंगा निकलती है से लेकर गंगा सागर तक, जहाँ गंगा समुद्र में मिलती है तक सैकड़ों शहर गंगा के किनारे बसे हुए हैं। परन्तु इनमें से केवल तीन तीर्थ स्थान पवित्र और दुर्लभ माने गये हैं, वे हैं हरिद्वार, प्रयाग और गंगा सागर। यह बात महाभागवत (देवी पुराण) में इस प्रकार बतलाई गई है-

"सर्वत्र सुलभा गंगा त्रिषु स्थानेषु दुर्लभा।

हरिद्वारे प्रयागे च गंगासागर संगमे।।"

शीला ने कहा-

"मुझे यहाँ के पहाड़ बहुत अच्छे लगते हैं। मन में ऐसी अनुभूति होती है जैसे मैं यहाँ पहले भी रही हूँ। मुझे ऐसा क्यों लगता है? क्या हम पहाड़ों पर और ऊपर पैदल नहीं जा सकते?"

रघुराजन बोला-

"ठीक है कल हम ऋषिकेश से ऊपर 'नीलकंठ' महादेव के दर्शन करने चलेंगे, और वहाँ से और ऊपर पहाड़ पर योगी पूर्णानन्द जी के आश्रम भी चलेंगे।"

शीला ने पूछा-

"योगी पूर्णानन्द कौन है? और उनका आश्रम कहाँ है?"

रघुराजन ने कहा-

"योगी पूर्णानन्द जी, मेरे पितामह (Grand father) के योग गुरु हैं। उन्हीं के मार्ग दर्शन में उन्होंने अष्टांग योग का अभ्यास कर के ब्रह्म तत्त्व का साक्षात्कार किया था। योगी पूर्णानन्द जी की आयु का कोई अनुमान मुझे नहीं है, क्योंकि मैंने उन्हें हमेशा स्वस्थ, बलवान एवं युवा ही देखा है। ये उपलब्धि उन्हें योग के नित्य अभ्यास के कारण प्राप्त हुई है। कल स्वयं उन्हें देख लेना।

अध्याय - 9

पाशुपत योग

दूसरे दिन सुबह भर पेट नाश्ता करने के बाद रघुराजन और शीला रामझूला से गंगा पार कर पीछे की सड़क पर गए जहाँ से उन्हें 'नीलकंठ' के मंदिर जाने लिए 'जीप' मिल गई और जीप से वे नीलकंठ के मंदिर पहुंच गए। वहाँ दर्शन तथा पूजा करके वे मंदिर के पिछले दरवाजे से बाहर निकले। वहाँ से एक रास्ता ऊपर पहाड़ पर जाता था। दोनों उसी पर ऊपर चढ़ने लगे। रास्ता रघुराजन का देखा हुआ था। वह कई बार यहाँ आया हुआ था। अतः वह शीला को सहारा देकर सावधानी पूर्वक ले जा रहा था। अंत में लगभग आधा घंटे बाद वे योगी पूर्णानन्द के आश्रम में पहुँच गए।

शीला ने देखा एक गुफा के बाहर लगभग साठ मीटर का समतल भाग है। पास ही स्वच्छ जल का झरना है चारों ओर हरियाली तथा पेड़ लगे हैं। दो गायें झरने के किनारे चर रही हैं। योगी पूर्णानंद रघुराजन को अच्छी तरह जानते थे। उन्होंने दोनों का मुस्करा कर स्वागत किया। रघुराजन और शीला ने उनके चरण स्पर्श किये। योगी पूर्णानन्द ने उन्हें एक बड़ी चटाई पर बैठने का इशारा किया और स्वयं उनके सामने एक आसन पर बैठ गए। पहाड़ पर चढ़ने के कारण दोनों थक गए थे, इसलिए योगी पूर्णानंद ने एक शिष्य द्वारा पहले उन्हें पानी पिलवाया फिर कुछ विशेष प्रकार के जंगली फल खिलवाये तथा गाय का दूध पिलवाया। उन विशेष जंगली फलों से उनकी थकान तुरंत गायब हो गई और वे अपने अन्दर विशेष ऊर्जा महसूस करने लगे।

अब योगी पूर्णानन्द ने रघुराजन से उसके माता-पिता की कुशल-क्षेम पूछी तथा शीला का परिचय पूछा। रघुराजन ने शीला के पिता के दो बार भारत आने तथा अपने दादा जी और पंडित मक्खन लाल शास्त्री से भेंट के बारे में बताते हुए शीला का पूरा परिचय दिया। उसने बताया कि शीला को भारत तथा पहाड़ों से बहुत लगाव है। वह योग के बारे में जानने को बहुत उत्सुक है। योगी पूर्णानंद ने कहा-

"पूछो! क्या जानना चाहते हो। मैं तो सदाशिव नीलकंठ का भक्त हूँ।

रघुराजन ने पूछा-

'योग कितने प्रकार का कहा गया है, उसका स्वरूप कैसा है तथा वह किस प्रकार का है? वह दिव्य तथा मोक्षदायक ज्ञान कैसा है, जिसके द्वारा प्राणी संसार बंधन से मुक्त हो जाते हैं?

योगी पूर्णानंद ने उत्तर दिया-श्री लिंगमहापुराण के अनुसार पहला मंत्र योग है, दूसरा स्पर्शयोग है, तीसरा भाव योग है, चौथा अभाव योग है तथा पाँचवाँ पाशुपत योग, महायोग है। जो सर्वोत्तम कहा गया है।

ध्यान से युक्त जप का अभ्यास मंत्र योग कहा गया है। रेचक, कुम्मक एवं पूरक आदि प्राणायाम के द्वारा नाड़ियों का शुद्धिकरण समस्त-व्यस्त-योग से प्राण (वायु) का विजय कहा गया है। वाजीकरण क्रिया से युक्त, शोभन, धारणादि अंगों से सम्पन्न, सात्त्विक आदि त्रिविध धारणा से प्रकाशित, विश्व-प्राज्ञ-तेजसरूप भेदत्रय का शोधक, कुम्भक में स्थित ध्यानाभ्यास ही स्पर्शयोग कहा गया है। मंत्रा तथा स्पर्श योग से पृथक् महादेव पर अवलम्बित, बाहर तथा भीतर की दशा के स्फुरण तथा संहरण युक्त और चित्त को शुद्धि प्रदान करने वाला योग, भावयोग कहा गया है।

चराचर सम्पूर्ण जगत् जिसमें विलीन है, जिसमें सम्पूर्ण स्वरूप का शून्य तथा आभासहीन रूप में चिन्तन किया जाता है, चित्त का निर्वाण करने वाले उस योग को अभावयोग कहा गया है। जो रूपहीन, अद्वितीय, निर्मल, स्वतंत्र, अत्यंत सुन्दर, अनिर्देश्य, सर्वदा प्रकाशमान, हर प्रकार से

स्वयं जानने योग्य है, तथा जिसमें अपनी आत्मा की सत्ता भासित होती है, उसे महायोग कहा गया है। आत्मा सदा प्रकाशित है, स्वयं ज्योतिर्मय है, सम्पूर्ण चित्तों से ऊपर उठा हुआ है, विशुद्ध है तथा अद्वितीय है-यह अनुभव होना महायोग कहा गया है। ये सभी योग अणिमा आदि सिद्धियों को देने वाले तथा ज्ञान प्रदान करने वाले हैं। इन योगों में क्रमशः एक के बाद दूसरे में पहले की अपेक्षा विशेषता है।

यह महायोग अहं के संग से रहित, महान आकाश के तुल्य, सर्वोत्कृष्ट, समस्त आवरणों से मुक्त और यथार्थतः अचिन्त्य है। उस ज्ञान को देवताओं के द्वारा भी अग्राह्य कहा गया है। यह परमात्मा में विलीन कर देने वाला, महान् स्वयं वेद्य तथा स्वयं अपना साक्षी है। और आनन्द पूर्ण शरीर से प्रकाशित होने वाला है। यह अहंकार रहित पुरुष के द्वारा ही जानने योग्य है।

इस योग रूपी अमृत का पान कर के ब्रह्मवेत्ताओं में श्रेष्ठ योगी भवबन्धन से मुक्ति प्राप्त करते हैं। इस प्रकार यह ‘पाशुपत योग’ समस्त योगों का ऐश्वर्य प्रदान करने वाला तथा सर्वोत्कृष्ठ है। इसे ब्रह्मचर्य आदि किसी आश्रम की अपेक्षा न रखने वाला जानना चाहिए। यह सभी प्राणियों के हित की कामना करने वाले शिवभक्तों को किसी अनिर्वचनीय सौभाग्य से ही मुक्ति के लिए प्राप्त होता है। अतः मोक्ष की कामना करने वाले शिवभक्त को पूर्ण प्रयत्न से ‘पाशुपत योग’ में नित्य संलग्न रहना चाहिए।

रघुराजन ने पूछा-

‘पाशुपत योग की विधि क्या है? कृपया विस्तार से बताने की कृपा करें?’

योगी पूर्णानन्द ने उत्तर दिया-

‘बुद्धिमान व्यक्ति को मुक्तिदायक तथा कर्म का नाश करने वाले, ‘पाशुपत योग’ का आश्रय लेना चाहिए। पंचार्थ योग से युक्त साधक दुःख के अन्त को प्राप्त होता है। इसको जानने के लिए पराविद्या का ज्ञान आवश्यक

है। परा तथा अपरा ये दो प्रकार की विद्याएं कहीं गयी हैं। अपरा विद्या में ऋग्वेद, यजुर्वेद, सामवेद, तथा अथर्ववेद एवं शिक्षा, कल्प, व्याकरण, निरुक्त, छंद और ज्योतिष ये सब अपरा विद्या के अन्तर्गत आते हैं।

पराविद्या को भाषा, शब्द अथवा वाणी द्वारा नहीं व्यक्त किया जा सकता। क्योंकि पराविद्या अक्षर रूप में स्थित है। वह अदृष्य, नित्य तथा चित्स्वरूप है। उसे केवल अनुभव किया जा सकता है। उसका शब्दों में वर्णन नहीं किया जा सकता। उससे आत्मस्वरूप का अनुभव ही किया जा सकता है, उसको देखा या छुआ नहीं जा सकता और उस आत्मस्वरूप एवं आनन्दानुभूति का शब्दों में वर्णन नहीं हो सकता इसलिए पराविद्या को शब्दों से परे कहा गया है।

पाशुपत योग की क्रिया विधि में साधक को एकाग्र चित्त होकर सत् तथा असत् सब कुछ आत्मा में ही देखते हुए अपने मन को बाहरी जगत की हलचलों से अलग कर लेना चाहिए।

नाभि से बारह अंगुल ऊपर अधोमुख हृत्कमल स्थित है, इस हृदय के मध्य में कमल विराजमान है जो धर्मरूपी कन्द से उत्पन्न, ज्ञान रूपी नाल वाला, अत्यन्त सुन्दर, आठ सिद्धिस्वरूप अष्टदल से युक्त और श्वेत तथा उत्तम वैराग्यरूपी कर्णिकावाला है, एवं जिसके छिद्र प्राणवायु रूपी दिशाओं के रूप में प्रतिष्ठित हैं। इससे जुड़ी हजारों नाड़ियाँ इन प्राणों का वहन करती हैं। कुल बारह हजार नाड़ियाँ व्यवास्थित रूप में प्रतिष्ठित हैं। प्रत्येक नाड़ी दस प्राणों का वहन करती है।

शीला ने पूछा-

"जाग्रत अवस्था, सुषुप्तावस्था तथा तुरीयावस्था से आपका क्या तात्पर्य है? तथा ये शरीर में कहाँ स्थित हैं?"

योगी पूर्णानंद ने उत्तर दिया-

जाग्रत अवस्था को नेत्र में स्थित माना गया है तथा स्वप्नावस्था को कण्ठ में स्थित माना गया है। इसी प्रकार सुषुप्तावस्था को हृदय

में स्थित माना गया है तथा तुरीयावस्था को सिर में स्थित माना गया है। ऐसा बतलाया गया है कि जाग्रत अवस्था में ब्रह्मा, स्वप्नावस्था में विष्णु, सुषुप्तावस्था में ईश्वर (शिव) तथा तुरीयावस्था में महेश्वर (परमेश्वर) प्रतिष्ठित रहते हैं।

जब मनुष्य सभी इन्द्रियों के द्वारा संयमित रहता है, तब उसकी जाग्रत अवस्था कही जाती है। मन, बुद्धि, अहंकार (अहं) तथा चित्त, इन चारों को अन्तःकरण चतुष्टय या अंतःकरण कहा जाता है। इनके द्वारा मनुष्य जब व्यवस्थित रहता है, तो तब उसकी स्वप्नावस्था कही जाती है। जब मनुष्य की इन्द्रियाँ उसकी आत्मा में विलीन हो जाती हैं, तब उसकी सुषुप्तावस्था कहीं जाती है। इन्द्रियों से अतीत (beyond) मनुष्य तुरीयावस्था वाला कहा जाता है। परमेश्वर शिव को तुरीय से भी अतीत कहा गया है।

रघुराजन ने पूछा-

''आध्यात्मिक, आधिदैविक तथा आधिभौतिक किन्हें कहा गया है?''

योगी पूर्णानंद ने उत्तर दिया-

जाग्रत, स्वप्न, सुषुप्ति तथा तुरीय एवं अधिभौतिक, आध्यात्मिक तथा अधिदैविक स्वरूप सब उसी परमेश्वर शिव के ही स्वरूप हैं। मन, बुद्धि, अहं तथा चित्त पाँचों ज्ञानेन्द्रियाँ एवं पाँचों कर्मेन्द्रियाँ ये चौदह आध्यात्मिक पदार्थ कहे गए हैं।

जो सभी, देखने योग्य, सुनने योग्य, सूँघने योग्य, स्वाद लेने योग्य, स्पर्श करने योग्य, चिन्तन करने योग्य, जानने योग्य, गर्व करने योग्य, चेतना के योग्य, बोलने योग्य, ग्रहण करने योग्य, गमन करने योग्य, छोड़ने योग्य तथा आनन्द के योग्य हैं, ये सब आधिभौतिक हैं।

ये चौदह जिनके नाम-सूर्य, दिशायें, पृथ्वी, वरुण, वायु, चन्द्र, ब्रह्मा, रुद्र, क्षेत्रज्ञ, अग्नि, इन्द्र, विष्णु, मित्र और देव प्रजापति हैं, आधिदैविक हैं।

शीला ने पूछा-

"निबन्धन नाड़ियाँ कितनी और कौन सी हैं?

उनमें स्थित वाहक वायु कौन से कहे जाते हैं?"

योगी पूर्णानंद ने उत्तर दिया-

"निबन्धन नाड़ियाँ चौदह हैं। जिनके मध्य में चौदह वाहक वायु स्थित है।

उन चौदह निबन्धन नाड़ियों के नाम इस प्रकार हैं-

राज़ी, सुदर्शना, जिता, सौम्या, मोघा, रुद्रा, अमृता, सत्या, मध्यमा, नाड़ी, राशिशुका, असुरा, कृत्तिका और भास्वती।

इन नाड़ियों के मध्य चौदह वाहक वायु स्थित हैं। जिनके नाम इस प्रकार हैं-प्राण, व्यान, अपान, उदान, समान, वैरम्भ मुख्यअन्तर्याम, प्रभन्जन, कूर्म, श्येन, श्वेत, कृष्ण, अनिल तथा नाग।

सभी दृष्टव्य पदार्थों में नेत्रों, में सूर्य में, नाड़ी में, प्राण में, विज्ञान में, आनन्द में, हृदयाकाश में तथा इस सम्पूर्ण ब्रह्मण्ड में जो एकमात्र आत्मा के रूप में संचरण करता है, उस अजर, अनन्त शोकरहित, अमृतस्वरूप तथा अटल प्रभु की उपासना करनी चाहिए। एकमात्र वह ही चौदहों प्रकार की नाड़ियों में संचरण करता है। एकमात्र वह ही सर्वज्ञ है और एकमात्र वह ही सर्वेश्वर है। यह सारा जगत उस आत्मा का भोग्य है और वह आत्मा स्वयं भोक्ता है।

वह ही सब पर शासन करने वाला, सब को ले जाने वाला और विभागानुसार पंचकोशरूप पंचात्मा है। जो ग्रहण किया जाता है वह अन्न कहा जाता है। यह भूतात्मा अन्नमय कोश है। इन्द्रियात्मा प्राणमय कोश है। संकल्पात्मा मनोमयकोश है, और सोमस्वरूप कालात्मा विज्ञानमयकोश कहलाता है। सर्वदा आनन्दमग्न होकर महेश परमेश्वर सदाशिव आनन्दमयकोश के रूप में विद्यमान हैं।

अध्याय - 10

परमेश्वर का स्वरूप

रघुराजन ने पूछा-

"उस परमेश्वर का स्वरूप क्या है?"

योगी पूर्णानंद ने उत्तर दिया-

वह परमेश्वर न अन्तः प्रज्ञ है, न बहिःप्रज्ञ है, और न दोनों प्रकार की प्रज्ञा वाला है। वह न प्रज्ञान धन है और न वह ज्ञान सम्पन्न प्राज्ञ ही है। वस्तुतः वह ब्रह्म न विदित है, ने वेद्य (जानने योग्य) है और न तो निर्वाणस्वरूप है। निर्वाण, केवल्य, निःश्रेयस, अनामय, अमृत, अक्षर, ब्रह्म, परमात्मा, परापर, निर्विकल्प, निराभास और ज्ञान-ये सब उसी के पर्यायवाची हैं। जिसके अन्तःकरण में एक मात्रा अद्वितीय ब्रह्म स्थित है, तथा जो समरस है, जब वह प्रसन्न तथा एकाग्र होता है, वह ज्ञान स्वरूप कहा जाता है।

रघुराजन ने फिर पूछा-

"यह ज्ञान कहाँ से और कैसे प्राप्त होगा?"

योगी पूर्णानन्द ने उत्तर दिया-

पूर्णज्ञान निश्चित रूप से गुरु के सानिध्य से ही प्राप्त होता है। यह राग, द्वेष, क्रोध, काम, तृष्णा आदि से सर्वथा रहित होता है। इसे मुक्ति देने वाला जानना चाहिए।

ज्ञान से बढ़कर पाप का नाश करने वाला अन्य कुछ भी नहीं है, अतः संसार से आसक्तिरहित हो कर ज्ञान का अभ्यास करना चाहिए। ज्ञानी के समस्त पाप नष्ट हो जाते हैं। आमोद-प्रमोद करता हुआ भी ज्ञानी व्यक्ति नानाविध पापों से लिप्त नहीं होता है।

जैसा ज्ञान है, वैसा ही ध्यान भी है, अतः ध्यान का अभ्यास करना चाहिए। ध्यान निर्विषय बताया गया है, जो प्रारम्भ में सविषय होता है। चार, छः, दस, बारह और सोलह तथा फिर दुबारा दो प्रकार से-इन छः रूपों में क्रमशः अभ्यास करने से योगी मुक्त हो जाता है।

शीला ने पूछा-

'ध्यान किसका और किस प्रकार करना चाहिए?''

योगी पूर्णानंद ने उत्तर दिया-

'योगी को विशुद्ध, सुवर्ण की आभा वाले धूम्ररहित अंगार के सदृश, पीले, लाल, या श्वेत वर्ण वाले, करोड़ों विद्युत के समान कान्ति वाले ओंकार में ध्यान लगाना चाहिए। अथवा चित्त को प्रयत्नपूर्वक ब्रह्मरन्ध्र में स्थित करके श्वेत अथवा पीतवर्ण से युक्त ब्रह्म का स्मरण करे। ऐसा ध्यान करने वाला ब्रह्मवेत्ता होता है।

पूर्ण प्रयत्न के साथ अहिंसक, सत्यवादी, चौरवृत्ति से रहित, परिग्रह रहित, ब्रह्मचारी, दृढ़व्रतवाला, सन्तुष्ट शुद्धि से युक्त, सर्वदा स्वाध्याय परायण और शिव की भक्ति से युक्त होकर गुरु के सान्निध्य में ध्यान का अविचल अभ्यास करना चाहिए। ध्यान साधना करने वाला योगी, अपने चित्त को स्थिर कर के किसी अन्य वस्तु का बोध नहीं करता, उसे कुछ भी भान नहीं होता वह अपने चारों ओर कुछ नहीं देखता। वह न सूँघता है, न सुनता है और न स्पर्श ही अनुभव करता है। जिसने स्वयं को पूर्णतः अपनी आत्मा में लीन कर दिया है, वह समरस कहा गया है।

ध्यान करते समय ऐसा क्रम से चिन्तन करना चाहिए कि पार्थिव पटल में ब्रह्मा, जलतत्त्व में स्वयं विष्णु, अग्नितत्त्व में कालरुद्र,

वायुतत्त्व में महेश्वर और आकाश तत्त्व में साक्षात् शिव विद्यमान है। शर्व पृथ्वी में विद्यमान कहे गए हैं। भव देवता जल में विद्यमान कहे गए हैं। रुद्र अग्नि में और उग्र वायु में प्रतिष्ठित हैं। भीम आकाश में और ईशान (शिव) सूर्य के मण्डल में स्थित हैं। महादेव जी चन्द्रमंडल में स्थित कहे गए हैं। पुरुषों में भगवान पशुपति विद्यमान हैं। इस प्रकार परमेश्वर सदाशिव आठ रूपों में व्यवस्थित हैं।

शरीर की कठोरता को पृथ्वी तत्त्वमय कहा गया है। तरल पदार्थ को जलतत्त्व से सम्बन्धित माना गया है। वर्ण या रंग को अग्नि से सम्बन्धित कहा गया है। शरीर में संचरण वायु द्वारा हुआ माना जाता है। शरीर में अवकाश (खाली स्थान), आकाश तत्त्व के कारण कहा जाता है। शब्द से होने वाला ज्ञान आकाश से उत्पन्न होता है। इसी प्रकार स्पर्श का ज्ञान वायु से उत्पन्न माना गया है। रूप का ज्ञान अग्नि से और रस का ज्ञान जल से उत्पन्न कहा गया है। तथा गन्ध का ज्ञान पृथ्वी से उत्पन्न होता है।

इसी प्रकार दाहिने नेत्रा में सूर्य, बाँयें नेत्रा में चन्द्र तथा हृदय में सर्वव्यापक परमेश्वर का चिन्तन करना चाहिए। हमारे शरीर में घुटनों तक पृथ्वीतत्त्व, नाभि तक जल-तत्त्व, कण्ठ तक अग्नितत्त्व, ललाट तक वायु तत्त्व, शिखा में आकाश तत्त्व फिर उससे ऊपर हंससंज्ञक ब्रह्म और सबसे ऊपर व्योम के मध्य में व्योमसंज्ञक सदाशिव स्थित हैं। इस प्रकार चिन्तन करते हुए, इनका ध्यान करना चाहिए।

जीव, प्रकृति, सत्त्व, रज, तम, बुद्धि, अहं, पाँच तन्मात्रायें, इन्द्रियाँ तथा आकाश आदि पंच भूत-ये सब यर्थाथ रूप में नहीं हैं, चूँकि विश्व को व्याप्त करके वे परमेश्वर शिव में स्थित हैं इसीलिए उन्हें स्थाणु कहा जाता है।

ज्ञान-ध्यान रूपी अमृत से ही संसार रूपी विष से सन्तप्त लोगों का प्रतीकार बताया गया है। धर्म से ज्ञान उत्पन्न होता है। ज्ञान से वैराग्य उत्पन्न होता है। और वैराग्य से परमार्थ प्रकाशक 'परमज्ञान' उत्पन्न होता है, अर्थात् ज्ञान के अनुसार व्यवहार में प्रवृत्ति होने लगती हैं।

ज्ञान और वैराग्य से युक्त साधक को ही योग (पाशुपत योग) की सिद्धि होती है, और योग सिद्धि के द्वारा उस सत्त्वनिष्ठ की मुक्ति हो जाती है।"

रघुराजन तथा शीला इस अलौकिक ज्ञान को जानकर अभिभूत हो गए और इसे आत्मसात् करने में उन्हें थोड़ा समय लगा फिर सामान्य होने पर शीला ने पूछा-

"क्या हमें अपने पूर्व (पिछले) जन्म के बारे में आप कुछ बतला सकते हैं?"

योगी पूर्णानंद ने उन दोनों को कुछ क्षण तक ध्यानपूर्वक देखा, फिर आँखें बंद कर कुछ क्षण ध्यान करते रहे। फिर बोले दोनों अपनी आँखें बंद कर प्रभु नीलकंठ को प्रणाम करो और वे तुम्हें तुम्हारे पिछले जन्म की मुख्य घटनाएं दिखला देंगे। दोनों ने ऐसा ही किया तब दोनों अर्द्ध मूर्छित अवस्था में पृथ्वी पर लेट गए और पिछले जन्म में पहुँच गए।

शीला ने देखा कि वह एक छोटी बच्ची है और घर के बाहर मैदान में खेल रही है। उसका नाम 'शिवानी' है। उसका घर 'काठ गोदाम' जो नैनीताल जिले में आता है। में है। काठ गोदाम एक छोटा कस्बा है और हलद्वानी से लगभग दो किलोमीटर है। उसके घर के एक ओर सड़क है जिस पर बोर्ड लगा है-"यहाँ से आगे पहाड़ी रास्ता है। सावधानी से वाहन चलावें।" और दूसरी ओर लगभग बीस मीटर दूर एक गहरी खाई है जिसमें 'गोला' नदी बहती दिखलाई देती है। बच्चों को खाई की तरफ जाकर खेलने की मनाही है क्योंकि उस तरफ कोई दीवार या फेन्सिंग नहीं लगी है। उसका एक बड़ा भाई है, जो उससे दो साल बड़ा है जिसका नाम 'ईशान' है। दोनों हल्द्वानी के एक स्कूल में पढ़ते हैं जहाँ उनके पिता श्री शिवदत्त तिवारी, गणित के अध्यापक हैं। उसके पितामह (दादाजी) श्री कैलाशनाथ तिवारी बहुत प्रसिद्ध ज्योतिषी और महान शिवभक्त थे। उनके घर का बाहरी कमरा जो 'बैठक कहलाता है उसका दरवाजा सड़क पर खुलता है उस पर 'तिवारी ज्योतिष-केन्द्र' का बोर्ड लगा है और कमरे के बगल में सड़क के किनारे 'शिव-मंदिर' है जो उसके

दादाजी ने ही बनवाया है और वे वहाँ रोजाना विधिवत् पूजा-अर्चना करते थे। उसके भाई का नाम ईशान भी उन्होंने ही रखा था जो भगवान् शिव का ही दूसरा नाम है। उसके दादाजी काशी से ज्योतिष पढ़कर आये थे। उसके पिता श्री शिवदत्त तिवारी, हलद्वानी के एक स्कूल में अध्यापक हैं। उन्हीं के स्कूल में वह और उसका भाई दोनों पढ़ते हैं। कुछ दिनों बाद दोनों बडे हो जाते हैं। भाई बरेली के बैंक में सर्विस कर रहा होता है। उसकी शादी भी हो गई होती है।

वह स्वयं पंतनगर में गोविंद बल्लभ पंत यूनीवर्सिटी के एक कालेज में 'गृहविज्ञान' की अध्यापिका हो जाती है। वह रोजाना स्कूटर से कालेज जाती है। यूनीवर्सिटी की लाइब्रेरी में उसकी मुलाकात दक्षिण भारतीय ब्राह्मण युवक 'वैद्यनाथन' से होती है जो इंजीनियरिंग कालिज में असिस्टेन्ट प्रोफेसर हैं। दोनों कई बार केन्टीन और लाइब्रेरी में मिलते हैं और एक दूसरे को पसंद करते हैं और एक दूसरे के बारे में अधिक जानकारी प्राप्त करते हैं।

वैद्यनाथन को ज्योतिष में बहुत रुचि है, वह ज्योतिष सीखना चाहता है। शिवानी को पर्यटन में रुचि है उसने नैनीताल जाने वाले विदेशी पर्यटकों को बचपन से देखा है वह अमेरिका घूमना और वहाँ रहना चाहती है। अपनी यह इच्छा वह वैद्यनाथन को भी बताती है। वैद्यनाथन को जब पता चलता है कि शिवानी के पिता जी सुबह स्कूल में पढ़ाते हैं तथा शाम को अपने 'तिवारी ज्योतिष केन्द्र' में बैठते हैं तथा लोगों की समस्याओं का समाधान करते हैं, तो उसने कॉलेज के बाद शिवानी के साथ उसके घर जाकर उसके पिता जी से मुलाकात कर, ज्योतिष सीखने का मन बना लिया। अतः वह शिवानी के साथ अपने स्कूटर से, उसके घर गया और श्री शिवदत्त तिवारी के चरण स्पर्श कर उनसे ज्योतिष सीखने की अभिलाषा प्रकट की। उन्होंने देखा कि यह सुयोग्य, स्वस्थ एवं बुद्धिमान ब्राह्मण युवक है, अतः योग्य पात्र देख कर उन्होंने उसे प्रतिदिन शाम को तथा छुट्टी के दिनों, दिन में आकर ज्योतिष सीखने की अनुमति प्रदान कर दी। वह उसे शिवानी के लिए उपयुक्त 'वर' की दृष्टि से भी देख रहे थे। उन्होंने शिवानी की जन्म कुंडली में 'अल्पायु-योग'

देखा था। अतः उन्होंने वैद्यनाथन से उसकी जन्मतिथि, सही जन्म-समय तथा जन्म-स्थान आदि पूछ कर उसकी जन्म-लग्न और कुंडली बनाई। उन्होंने देखा कि उसकी जन्म-कुंडली में 'द्विभार्या योग' भी नहीं है, परंतु 'अल्पायु योग' है। तब उन्होंने शिवानी की कुंडली का दुबारा अध्ययन किया तो पाया कि उसकी कुंडली में 'वैधव्य योग' भी नहीं है। तो उन्होंने विचार किया कि दोनों के ही 'अल्पायु योग' हैं। इसका एक ही मतलब है कि दोनों किसी दुर्घटना में एक साथ ही, अल्पायु में ही असामयिक मृत्यु को प्राप्त होंगे। परन्तु उन्होंने किसी को भी ये बात नहीं बताई क्योंकि विधि (ब्रह्मा) के विधान को कोई नहीं बदल सकता। अतः उन्होंने वैद्यनाथन से यदि उसके घरवाले राजी हों तो शिवानी से विवाह करने का निर्णय कर लिया।

वैद्यनाथन के पिता श्री आदित्यन मद्रास (तमिलनाडु) के मदुरै शहर में रहते थे वे पढ़े-लिखे खुले विचारों वाले एक सरकारी अधिकारी थे। जब उनके पास श्री शिवदत्त का पत्र पहुँचा तो उन्होंने वैद्यनाथन से पूछ कर तुरन्त शादी के लिए हामी भर दी। और इस प्रकार वैद्यनाथन और शिवानी का विवाह हो गया और शिवानी अब वैद्यनाथन को मिले आवास में यूनिवर्सिटी केम्पस में ही रहने लगी। वैद्यनाथन अभी भी रोजाना ज्योतिष सीखने, 'तिवारी ज्योतिष केन्द्र' जाता था।

शिवानी के पड़ोस में उसी की उम्र का एक लड़का गजेन्द्र रहता था बचपन में ईशान, शिवानी, गजेन्द्र और उसकी बहन ममता साथ-साथ दोनों घरों के बीच के मैदान में खेला करते थे। गजेन्द्र के पिता की चाय की दुकान थी। गजेन्द्र की पढ़ाई में रुचि न होने के कारण उसने मैकेनिक का काम सीख लिया और हलद्वानी में ही स्कूटर, मोटर साइकिल, ऑटोरिक्शा आदि की मरम्मत की दुकान खोल ली। शिवानी, उसके पिता तथा वैद्यनाथन भी उसी की दुकान पर अपने स्कूटरों की मरम्मत तथा रख-रखाव के सारे काम, करवाते थे। प्रत्येक रविवार को वैद्यनाथन उसकी दुकान पर अपने स्कूटर को हवा, आइलिंग, ग्रीसिंग, ब्रेक की चैकिंग तथा अन्य कामों को करवाने के लिए, ज्योतिष केन्द्र आते समय वहाँ छोड़ आता था और लौटते समय ले जाता था।

एक रविवार को वैद्यनाथन तथा शिवानी ने काठगोदाम से लगभग एक किलोमीटर आगे, पहाड़ पर ऊपर स्थित देवी के मंदिर जाकर दर्शन करने का प्रोग्राम बनाया। उस दिन शिवानी सुबह से ही अपने पिता के घर आ गई थी। अतः शाम को गजेन्द्र की दुकान पर कुछ देर रुककर और स्कूटर की सर्विसिंग करा कर वैद्यनाथन ज्योतिष केन्द्र पहुँचा और कुछ देर वहाँ रूककर, शिवानी को साथ लेकर दोनों वैद्यनाथन के स्कूटर से देवी (माता) के मंदिर, दर्शन करने चले गए।

अँधेरा होने के काफी देर बाद जब वे वापिस नहीं लौटे तो श्री शिव दत्त तिवारी को चिन्ता हुई और वे अपने स्कूटर से देवी के मंदिर पहुँचे तो पुजारी जी ने बतलाया कि वे दोनों यहाँ दर्शन करने आये थे और काफी देर पहले यहाँ से लौट गए थे। तिवारी जी ने रास्ते भर उनको ढूढ़ा परन्तु वे नहीं मिले तो वे यूनीवर्सिटी, वैद्यनाथन के आवास पर पहुँ परन्तु वे वहाँ भी नहीं पहुँचे थे। अब वे बहुत चिंतित हो गए और पुलिस थाने पहुँचे। पुलिस ने तुरन्त ही जीप में तिवारी जी को बैठा कर और सर्चलाइट लेकर खोज प्रारम्भ कर दी। हर मोड़ पर वे जीप से उतर कर सर्चलाइट से नीचे खाई में गोला नदी के किनारों पर अच्छी तरह देखते थे। अन्त में एक तीखे मोड़ पर नीचे स्कूटर पड़ा दिखलाई पड़ा परन्तु रात के समय अँधेरे में कोई कार्यवाही नहीं की जा सकी। सुबह दोनों के शव स्कूटर से कुछ दूर गोला नदी के किनारे पड़े मिल गए। उन के नीचे गिरने का सही कारण नहीं ज्ञात हो सका, और पोस्टमॉर्टम के बाद उनकी अन्त्येष्ठि कर दी गई। तभी घबरा कर उसकी नींद खुलती है। तो उसने देखा कि यह सब सपना था।

उसी समय रघुराजन ने भी लगभग वही सब सपने में देखा। उसने देखा कि वह तमिलनाडु के मदुरै में अपने माता, पिता तथा छोटे भाई 'राधाकृष्णन' के साथ रहता है। उसके पिता का नाम वैद्यनाथन था। दोनों भाई इंग्लिश मीडियम स्कूल में पढ़ते हैं। उनके घर के बगल में ही ज्योतिषी 'वेंकटराघवन' जी का घर है। अपने घर के बाहर वाले कमरे में बैठकर वे लोगों की समस्याओं का समाधान करते हैं। उनका पुत्र 'पद्यनाभन्' उसकी ही कक्षा में पढ़ता है। दोनों अच्छे मित्र है। जब भी

वह उनके घर जाता है तो छुप-छुप कर उसके पिता जी की बातें सुनता है, जो वे लोगों को उनकी समस्या के समाधान के लिए बताते हैं। उसके मन में ज्योतिष सीखने की बहुत इच्छा है, इसलिए जब भी समय मिलता है वह उनसे संस्कृत सीखता रहता है। जब तक वह इंजीनियरिंग की मास्टर्स डिग्री की परीक्षा पास करता है तब तक उसे संस्कृत का थोड़ा बहुत ज्ञान हो जाता है तथा बारह राशियों एवं सत्ताइस नक्षत्रों के नाम याद हो जाते हैं। उसे हिन्दी फिल्में देखने का भी शौक है जिससे वह हिंदी बोलना तथा समझना सीख जाता है, और जब उसे उत्तराखंड के नैनीताल जिले में 'गोविंद बल्लभ पंत यूनीवर्सिटी में असिस्टेन्ट प्रोफेसर का पद मिलता है तो वह तुरन्त ही सहर्ष स्वीकार कर लेता है और जॉइन कर लेता है।

यूनिवर्सिटी कैंटीन में उसकी मुलाकात शिवानी से होती है। जिससे उसे पता चलता है कि उसके पिता ज्योतिषी हैं तथा उनका ज्योतिष-केंद्र है। शिवानी के साथ जाकर वह उसके पिता जी से मिलता है तथा ज्योतिष सीखने की इच्छा प्रकट करता है। उसकी शिवानी से शादी हो जाती है और एक दुर्घटना में दोनों का निधन हो जाता है। वह घबरा कर जागता है तो वह सपना समझता है।

रघुराजन तथा शीला दोनों एक साथ हड़बड़ा कर उठ बैठे। उन्होंने देखा कि शाम हो गई है अतः वे योगी पूर्णानंद से विदा लेकर वापस चल दिए।

रास्ते में पहले शीला ने अपने पिछले जन्म के बारे में बतलाते हुए कहा कि पिछले जन्म में उसका नाम शिवानी था। वह काठगोदाम नाम के छोटे शहर में रहती थी और पंतनगर यूनीवर्सिटी के एक कॉलिज में अध्यापिका थी। फिर उसकी शादी इंजीनियरिंग कॉलेज के एक अध्यापक वैद्यनाथन से हो गई थी और दोनों यूनीवर्सिटी के आवास में ही रहने लगे थे।

तभी रघुराजन बोल पड़ा-"और तुम्हारे पिता का नाम श्री शिवदत्त तिवारी था, जिनका तिवारी ज्योतिष केन्द्र था। उसके बगल में शिव का मंदिर था। बैद्यनाथन उन से ज्योतिष सीखने आता था।"

सुनकर शीला चकित रह गई और पूछा-'तुम्हें कैसे पता?'

वो बोला-"पिछले जन्म में, मैं ही वैद्यनाथन था। हम दोनों स्कूटर समेत नीचे खाई में गिरे थे-बस यही तक मैंने पिछले जन्म का हाल देखा।"

शीला बोली- "वही तक मैंने देखा।"

अब दोनों एक दूसरे को चकित दृष्टि से देखने लगे। कुछ क्षणों तक एक दूसरे को देखने के बाद पहले रघुराजन बोला-

"शिकागो में तुमसे मिलने से एक दिन पहले रात को सपने में तुम्हें साड़ी पहने देखा था। इसीलिए उस दिन तुम को सामने देखकर मैं आश्चर्य चकित हो गया था और कुछ क्षणों तक स्तम्भित होकर यही सोचता रह गया था कि ऐसा कैसे हो सकता है? इस जन्म में मैंने तुम्हें कभी नहीं देखा था क्योंकि तुम अमेरिका में रहती थीं और मैं भारत में। और मैं उससे पहले दिन ही शाम को शिकागों पहुँच कर खाना खाकर होटल के अपने कमरे में ही कुछ ज्योतिष की पुस्तकों का अध्ययन कर, सो गया था। तभी मैंने तुम्हें सपने में देखा।"

अब शीला बोली-

"उस दिन पहली बार देख कर ही मैं तुम्हारी ओर आकृष्ठ (attract) हो गई थी और मेरे मन में कुछ ऐसा सा एहसास हो रहा था कि मैं तुम्हें अच्छी तरह जानती हूँ। और कभी हम एक दूसरे के बहुत निकट रहे हैं। इसी तथ्य को जानने को लिए मैंने तुम्हारा इंटरव्यू लेने का फैसला किया था।"

अब तक दोनों पिछले जन्म की सच्चाई से पूर्णतः अवगत हो चुके थे। तभी कुछ सोचते हुए शीला ने जरा जोर से कहा-

"ओह! अब मैं समझी हर की पैडी पर उस अपंग भिखारी को देख कर हम दोनों को ये एहसास क्यों हो रहा था कि वो हमारा कोई परिचित व्यक्ति है।"

तभी रघुराजन बोला-

"अरे हाँ! वही तो तुम्हारा पड़ोसी, स्कूटर, मैकेनिक गजेन्द्र था जिसे तुम 'गज्जू भइया' कहती थीं। ओर वह तुम्हें 'शिव दी' कहता था।"

शीला बोली-

"उसने जो कहानी सुनाई उससे तो यही जान पड़ता है कि हमारी दुर्घटना, कोई सामान्य असावधानी वश नहीं हुई थी अपितु एक बड़ा षड्यंत्र थी जो हम लोगों को नुकसान पहुँचाने के लिए सोच विचार कर रचा गया था। और जिसमें हम दोनों की जान चली गई थी।"

दोनों कुछ देर सोचते रहे। फिर रघुराजन ने पूछा-

"हमें अब उसके साथ कैसा बर्ताब करना चाहिए?"

दोनों कुछ क्षण सोचते रहे। अब शीला बोली-

"हमें उसके साथ दया का बर्ताव करना चाहिए। और उसे क्षमा कर, उसकी सहायता करनी चाहिए।"

रघुराजन ने शंका की-

"वह तुम्हारा पड़ोसी और मुँह बोला भाई है, इसलिए तो तुम ऐसां नहीं कह रहीं?"

शीला ने दृढ़ता से कहा-

"नहीं वह पिछले जन्म की बात थी। इस जन्म में वह मेरे लिए एक अजनबी ही है। परन्तु सोचो। उसने किस तरह हम अजनबियों के सामने भी अपने पाप को स्वीकार किया और पिछले पच्चीस साल से उसकी सजा भुगतने की भी बात बतलायी। उसके मन में उस पाप का बहुत पश्चाताप भी है, जो उसके बहते आँसुओं से पता चल रहा था।"

अन्त में दोनों ने यही निर्णय किया कि उसे क्षमा कर देना चाहिए, और उसकी सहायता करनी चाहिए कि अब वह सामान्य और सम्मान पूर्ण जीवन जी सके।

यही बातें करते हुए वे घर पहुँच गए। उसके टूरिस्ट वीसा की अवधि अब लगभग दस बारह दिन ही शेष रह गई थी, अतः उसने रघुराजन से शादी करने का निर्णय किया जिससे कि उसे भारत कि नागरिकता प्राप्त हो सके। उसने पहले रघुराजन से उसकी सम्मति जाननी चाही तो वह सहर्ष राजी हो गया। अब दोनों ने अपने माता पिता की अनुमति ली तो शीला के संस्कार और भारत प्रेम देख कर दोनों ने पाँच दिन के बाद शुभ मुहूर्त में दोनों के विवाह का निश्चय किया।

पंडित गंगाधर शास्त्री ने कन्या के पिता के रूप में उसे अपनी पुत्री मान कर उसका कन्यादान किया। और इस प्रकार शुभ मुहूर्त में दोनों का विवाह सम्पन्न हो गया और आवश्यक कानूनी कार्यवाही के पश्चात् शीला को भारत की नागरिकता मिल गई।

अब जब उन्हें कुछ फुर्सत हुई तो उन्हें गजेन्द्र का ध्यान आया और वे हरिद्वार पहुँचे। हर की पैडी पर बहुत तलाश करने के बाद भी गजेन्द्र उन्हें कहीं नहीं दिखा तो उन्होंने उसके स्थान पर बैठे भिखारी से उसके बारे में पूछा। तो उसने बतलाया-

"बाबू जी करीब सात-आठ दिन पहले शाम को उसे खाना खाकर लौटने में देर हो गई और उसे बिल्कुल आखीर में पुल के पास मोड़ पर बैठने को जगह मिली जहाँ रास्ता संकरा (कम चौड़ा) है। और दैवयोग से आरती समाप्त होने के तुरंत बाद अचानक तेज बारिश आ गई। सर्दियों के दिन होने के कारण तब तक खूब अंधेरा हो गया था और अचानक बिजली भी चली गई।

बारिश से बचने को सारी भीड़ भागने लगी। मोड़ पर कम जगह होने के कारण लोग, उस (गजेन्द्र) को न देख कर उस पर पैर रखकर भागने लगे। इस प्रकार भीड़ द्वारा कुचले जाने से उसकी वही मृत्यु हो गई। पुलिस द्वारा उसकी मृत देह का पोस्टमार्टम करा कर अन्त्येष्ठि कर दी गई।

सुनकर शीला और रघुराजन को दुःख हुआ। और थोड़ी सन्तुष्टि भी हुई कि उसे उस दुःख भरे जीवन से मुक्ति मिल गई। और वे वापस लौट आये।

अब श्रीमती सावित्री ने उन्हें दक्षिण भारत के प्रसिद्ध मंदिरों के दर्शन करने का सुझाव दिया। अतः अब उन्होंने दक्षिण भारत घूमने का प्रोग्राम बनाया और तैयारी कर दो दिन बाद वे दक्षिण भारत की यात्रा पर चल दिए।

सबसे पहले वे कन्याकुमारी गए जहाँ कन्याकुमारी के दर्शन तथा पूजा-अर्चना के बाद वे विवेकानन्द रॉक पर विवेकानन्द स्मारक देखने गए वहाँ कुछ देर ध्यान किया तो मन को बड़ी सुख-शान्ति प्राप्त हुई। शीला के लिए इस प्रकार ध्यान करने का यह पहला अवसर था और उसे उसमें अलौकिक आनन्द का अनुभव हुआ। कन्या कुमारी में एक दिन रुककर उन्होंने सूर्योदय तथा सूर्यास्त देखा। विवेकानन्द स्मारक से तीनों समुद्र (अरब सागर, हिन्द महासागर तथा बंगाल की खाड़ी) को एक साथ मिलते देखना भी एक अनोखा अनुभव था।

वहाँ से चलकर वे रामेश्वरम् पहुँचे और श्री राम के द्वारा स्थापित 'रामेश्वर' के दर्शन किए। वहाँ चौबीस तीर्थों में स्नान भी किया जो मंदिर परिसर में ही स्थित हैं। वहाँ से चलकर वे मदुरै आये जहाँ नगर के बीच में बहुत ही बड़े परिसर में ऊँचे ऊँचे गोपुरम (प्रवेश द्वार) वाला मीनाक्षी देवी का मंदिर स्थित है। उस मंदिर की लंबाई, चौड़ाई, विशाल ऊँचे पर कोटे, कई गोपुरम, सरोवर, म्यूजियम तथा गर्भगृह इत्यादि को देखने में कई घंटे का समय लगा। शीला बोली-"मैंने कभी सोचा भी नहीं था कि मंदिर इतने विशाल भी हो सकते हैं। प्राचीन भारत की ये धरोहरें वास्तव में भक्ति ज्ञान तथा अध्यात्म के जीते जागते उदाहरण हैं। सबसे बड़ी बात है कि एक साथ हजारों भक्तों तथा दर्शनार्थियों के होते हुए भी, कहीं कोई हल्ला, गुल्ला, धक्कामुक्की अथवा अन्य किसी प्रकार की अनुशासनहीनता यहाँ नहीं है। सब ओर शांति एवं भक्ति का ही माहौल है।"

रघुराजन ने कहा-"वास्तव में तमिल लोगों का आचार, व्यवहार प्रशंसनीय एवं अनुकरणीय है।"

एक दिन वहाँ रुककर स्वादिष्ट तमिल भोजन कर आनन्द लेकर वे तिरुपति पहुँचे। पहाड़ी पर स्थित पूरा मंदिर एक छोटे शहर के बराबर है।

बाहर से आने वाले दर्शनार्थियों के ठहरने के लिए समस्त सुविधा युक्त बहुत सारे छोटे घर (चोल्ट्री) बने हुए हैं जिन्हें नाम मात्र का किराया देकर बुक कराया जा सकता है। सभी ओर स्वच्छता, सुरक्षा तथा बुजुर्गों की सहायता का बहुत ही अच्छा इंतजाम है। यहाँ दर्शन के लिए कई बार बारह घंटे अथवा उससे भी अधिक समय पंक्ति (लाइन) में लगे रहना पड़ जाता है। इसके लिए बैठने को बैंचे बनी है। टॉयलेट जाने का बहुत ही अच्छा इंतजाम है। बुजुर्गों को प्राथमिकता देने के लिए उनकी अलग लाइन बनाई जाती है। पर्ची बनवा कर प्रसाद काउन्टर से प्रसाद प्राप्त किया जाता है। हर जगह लाइन में सभी शान्तिपूर्वक अपनी पारी का इंतजार करते हैं। यहाँ जगह-जगह हुंडियाँ लगी हुई हैं। जिनमें मुट्ठी बन्द कर गुप्तदान किया जाता है। यहाँ की स्वच्छता तथा अच्छे इंतजाम को देख कर शीला दंग रह गई। उसे रघुराजन ने बतलाया कि यहाँ बहुत सारे भक्त, स्त्री, पुरुष धन के अतिरिक्त अपने बाल भी समर्पित करते हैं। इसीलिए शीला को वहाँ कई स्त्रियाँ सिर मुँड़ाये हुए दिखीं। मंदिर ट्रस्ट द्वारा तिरुपति शहर में मेडिकल कॉलेज, इंजीनियरिंग कॉलेज, अस्पताल, पॉलीटैक्निक कॉलेज तथा अन्य कई विद्यालय संचालित किए जाते हैं।

उन्होंने पंन्ढरपुर जाकर भगवान पान्डुरंग के भी दर्शन किए। फिर वे जगन्नाथपुरी की ओर रवाना हो गए। वहाँ पहुँचकर उन्होंने भगवान जगन्नाथ के दर्शन किए। रघुराजन ने शीला को बतलाया कि भगवान जगन्नाथ ने अपने हाथ, मनुष्य (भक्तों) को परिश्रम करने तथा अपना कार्य स्वयं करने (दूसरों पर आश्रित न रहने) के लिए, दे दिए हैं।

उन्होंने कोणार्क का सूर्य मंदिर देखा। रघुराजन ने बतलाया कि भगवान सूर्य के रथ के पहिए के चौबीस अरे वास्तव में चौबीस घंटों को प्रदर्शित करते हैं। हर जगह भक्ति के साथ ज्ञान का समावेश देखकर शीला चकित रह गई। वहाँ से वे देवघर गए और भगवान वैद्यनाथ के दर्शन किए। अब तीन दिन बाद मकर संक्रान्ति का पर्व होने के कारण वे गंगासागर जाने के लिए कोलकाता चले गए। क्योंकि गंगासागर में मकर संक्रान्ति के स्नान का बड़ा ही महत्त्व है, इसलिए मकर संक्रान्ति

के दिन उन्होंने गंगा सागर संगम पर स्नान किया जहाँ गंगा, समुद्र में मिलती है।

लौटकर वे कोलकाता आये वहाँ माँ काली के दर्शन किए फिर बेलूर मठ गए जो श्री रामकृष्ण परमहंस (स्वामी विवेकानन्द के गुरु) की तपोभूमि है। कोलकाता से वे वाराणसी आये और भगवान विश्वनाथ के दर्शन किए। दशाश्वमेघ घाट तथा मणिकर्णिका घाट घूमे और लंका (वाराणासी का ही एक मौहल्ला) में श्री हनुमान जी के दर्शन किए।

वाराणसी से वे प्रयाग आये तथा संगम में स्नान किया। इस प्रकार शीला ने गंगा के तीनों दुर्लभ तीर्थों में गंगास्नान का पुण्य लाभ प्राप्त किया। प्रयाग में एक दिन रुककर वे अयोध्या श्री 'रामलला' के दर्शन के लिए पहुँचे। पहले हनुमान गढ़ी में श्री हनुमान के दर्शन के बाद उन्होंने रामलला के दर्शन का पुण्यलाभ प्राप्त किया। उसी दिन रात को श्री मती सावित्री ने फोन कर उन्हें माता वैष्णों देवी को शीश नवा कर उनका आशीर्वाद प्राप्त करने की सलाह दी जिससे कि उनका वैवाहिक जीवन सुखमय हो सके। अतः दूसरे दिन उन्होंने दिल्ली प्रस्थान किया और वहाँ से

कटरा पहुँचे। कटरा से हैलीकॉप्टर द्वारा वे ऊपर माता के दर्शन के लिए पहुँचे। अत्यधिक सर्दी के कारण उस दिन श्रद्धालु उतने अधिक नहीं थे अतः उन्हें सुविधापूर्वक अच्छे से लगभग एक मिनट तक माता के सामने रुकने तथा शीश नवाने का माता ने मौका दिया जो सामान्य जन को मुश्किल से ही प्राप्त हो पाता है। रघुराजन ने शीला को बतलाया कि उन्हें यह दुर्लभ लाभ माता की कृपा से ही प्राप्त हुआ है। अन्यथा माता के सामने एक दो सेकन्ड से अधिक किसी को रुकने नहीं दिया जाता।

उसी दिन रात की रेलगाड़ी से वे दिल्ली और वहाँ से ऋषीकेश लौट गए। इस प्रकार लगभग एक माह का उनका टूर पूरा हुआ।

उपसंहार

अब अमेरिका में शीला का कोई रिश्तेदार नहीं था। और रघुराजन का काम अपने पिता के साथ यहाँ अच्छा चल रहा था और ज्योतिष में उसे प्रसिद्धि मिल रही थी। अतः शीला ने अमेरिका का अपना बंगला जिसकी कि अब केवल वही मालकिन थी तथा कार इत्यादि बेच कर उनका पैसा तथा बैंक में जमा उसके नाना मिस्टर चेस्टर स्कॉट द्वारा भारत से कमाया हुआ पैसा और उसके पिता मिस्टर विल्सन द्वारा कमाया हुआ पैसा जो सब मिला कर लगभग सात मिलियन डालर (सत्तर लाख डालर) जो भारतीय मुद्रा के अनुसार पचास करोड़ रुपए से अधिक था, को भारत ले आने का फैसला किया। और इस काम के लिए उसने भारत के राष्ट्रीय बैंक जिसकी शाखा शिकागों में भी थी, में अपना खाता खुलवा लिया।

सब कामों से फुरसत पाने के बाद अब शीला और रघुराजन दोनों अमेरिका गए और कुछ दिनों में वहाँ का सब कुछ बेचकर और सारा पैसा भारत के अपने एकाउन्ट में ट्रान्सफर करवा कर, वापस भारत आ गए।

अब शीला ने प्राचीन भारतीय ऋषियों का योग और अध्यात्म का भारतीय पुस्तकों में लिखे गूढ़ (गुप्त) ज्ञान के वास्तविक निहितार्थ का श्रीमती सावित्री, पंडित भास्करन, पंडित गंगाधर शास्त्री एवं योगी पूर्णानंद के मार्गदर्शन एवं रघुराजन के सहयोग से अंग्रेजी (इंगलिश) में अनुवाद

करना और उन्हें अमेरिकन प्रकाशकों से छपवा कर, पूरी दुनिया में उनका प्रचार, प्रसार आरम्भ कर दिया। जिससे उसको धन, शोहरत (प्रसिद्धि) तथा आत्मसंतुष्टि प्राप्त होने लगी तथा भारतीय प्राचीन ऋषियों का ज्ञान पूरी दुनिया के सामने उजागर होने लगा।

www.ingramcontent.com/pod-product-compliance
Lightning Source LLC
Chambersburg PA
CBHW021551150726
47990CB00006B/2500